我看金庸小說

倪匡——著

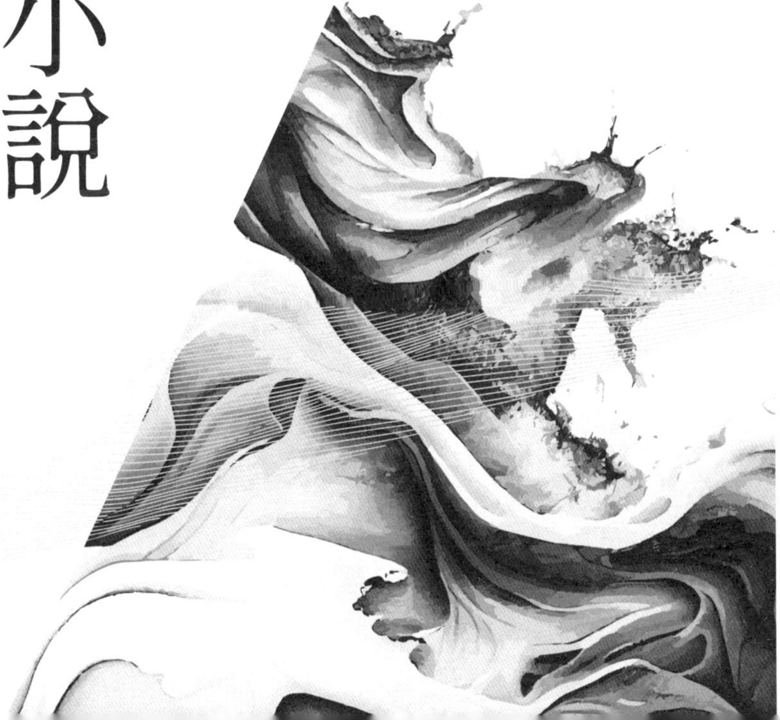

自序 「金庸小說專家」心得報告

從小就喜歡看小說，各種各類的小說都愛看。一直到看了金庸的小說之後，才知道：原來小說可以寫成這樣子！才知道：原來小說可以到達這樣的境界！才知道：原來小說中的人物可以如此活龍活現。

二十年來，一直在看金庸的小說。在金庸停筆不再寫小說之後，重複地看，一直到如今，看金庸小說的「段數」只怕已到了「金段」，可以自封「金庸小說專家」了。既然已是專家，豈可不將自己看金庸小說的心得公諸同好？於是發而為文——文曰：「我看金庸小說」。將「我」放在「金庸小說」之上，當然不免有標榜自我之嫌，然而卻不可避免。在這裡先將「我」介紹一番。「我」，是一個極喜歡看小說的人，一個小說讀者。

小說讀者看小說，自可在小說中找尋到極大的樂趣，可以陶醉在小說的情節人物之中，可以在小說中得到極大的心理滿足，可以將小說當作是自己最好的朋友。

小說讀者看小說的觀點，和文學批評家看小說的觀點不同；和道德學問家看小說的觀點不同。所以，「我看金庸小說」中的「我」，十分重要。

看金庸小說的人以千萬計，其中自然有文學批評家、道德學問家，但百分之九十九點九九，都是小說讀者，「我」也是，多少有點代表性。

一遍又一遍看金庸小說，每看一遍，都擊桌驚嘆，嘆為觀止。

金庸的小說，總評語是「古今中外，空前絕後」。以前，世界上未曾有過這樣好看的小說；以後，只怕也不會再有了！

倪匡　一九八〇・五・二十七

目次

第三章 人物榜

第四章 雜記

第一章

凡例

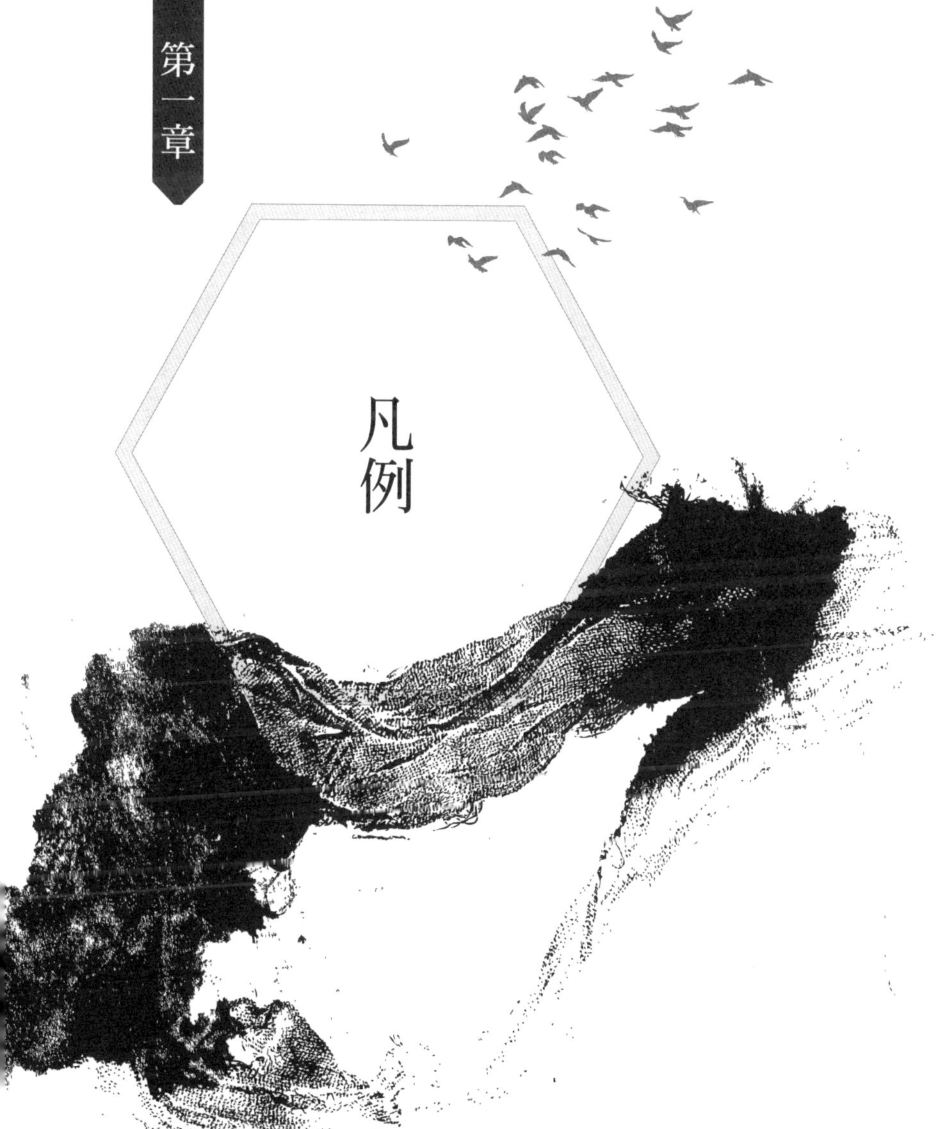

1 我的立場

正名

必也正名乎！

要讀金庸的小說，先得弄清楚他究竟寫了多少部小說，每一部的名稱是什麼。

由於金庸在這幾年來，將他所有的作品，全部修訂改正了一遍（編註：這裡指的是一九七〇年代，金庸以十年時間首次全面修訂他的小說，而有《金庸作品集》，也就是本書中所稱的「新版」，是金庸小說流傳最廣的版本。在倪匡《我看》寫畢後二十年，金庸再次全面修訂小說，而有「新修版」。「新修版」自不在本書討論範圍。），有的改動極大，甚至連篇名也改了，所以，篇名以修訂後的為準，而將舊名放在括弧之中。

後來，金庸小說又在台北遠景出版公司發行，也有改了書名的，也將改了的名字，放在括弧之中。

金庸的寫作態度極嚴謹，書名都曾經過詳細周密的思索，不是隨便接上去的，所以，在以後所有提及金庸小說時，篇名概以香港明河社出版的《金庸作品集》中所採用的書名為準，讀者如有不明者，請查看附表。

以下，是大體根據創作時間來排列的作品表：

1.書劍恩仇錄（書劍江山）
2.碧血劍
3.雪山飛狐
4.射鵰英雄傳（大漠英雄傳）
5.神鵰俠侶

6. 飛狐外傳
7. 白馬嘯西風
8. 鴛鴦刀
9. 連城訣（素心劍）
10. 倚天屠龍記
11. 天龍八部
12. 俠客行
13. 笑傲江湖
14. 鹿鼎記

◆標準

文中凡提及「好」、「不好」，「通」、「不通」，都是以金庸作品為準，而不是和他人的作品比較所得的結果。

「好」、「不好」，是金庸自己作品的比較。金庸的不好的作品，若和他人比較，仍屬一流。

◆可喜與可厭

文中所提及的金庸作品中的人物，有的以「可愛」，有的以「可厭」。不論可愛或可厭，都是金庸的成功。能寫一個人物，寫得讀者看了，討厭莫名，非大匠莫辦。

第二章

作品統論

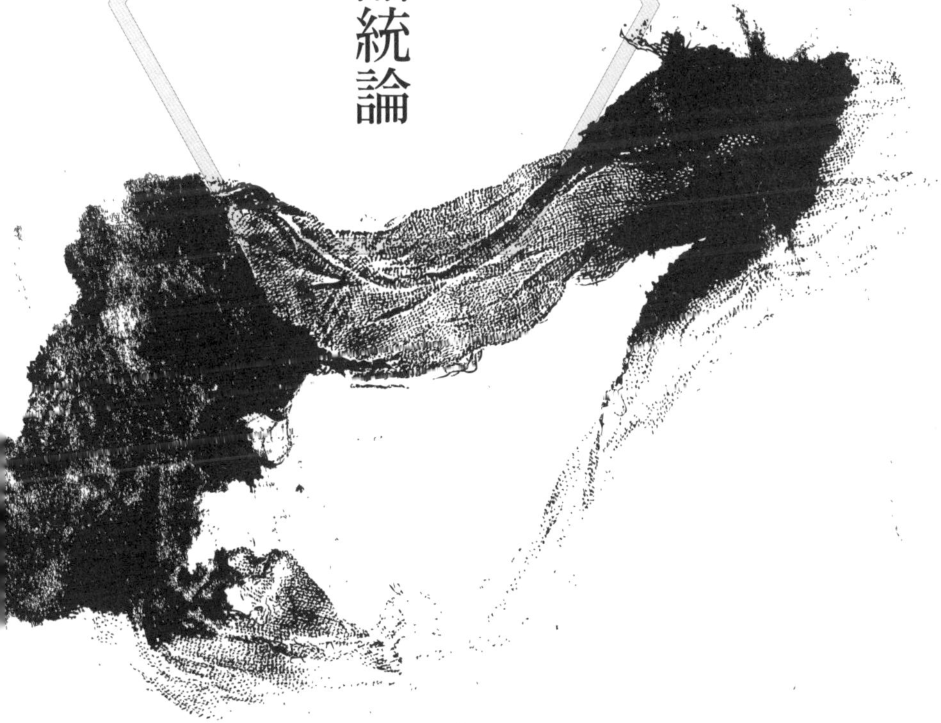

2

武俠小說

◆武＋俠＋小說

金庸的小說，是武俠小說。

武俠小說是中國特有的一種小說形式。有人以為西洋也有，如《三個火槍手》；日本也有，如《宮本武藏》。但拙見始終認為，武俠小說是中國特有的一種小說形式，其餘只是類似，不是武俠小說。

武俠小說的特點是：武、俠、小說。

武：武俠小說中一定有武術的描述，描述的武術，全是中國的傳統武術，拳、腳、刀、劍等各種兵刃和暗器。武術是武俠小說中不可或缺的部分。而武俠小說中的武術，又全是中國傳統式的，縱使有外國人，使的也是中國武術，西洋劍法偶一見之，絕不成為主流。

俠：武俠小說中一定有俠。有各種造型不同、性格不同的俠。俠不單是一個名，而且要有事實；俠要行俠，才能成其為俠。武俠小說中的俠，是根據中國傳統的俠義精神而來的，這種俠義精神，有歷史記載的，可以上溯到荊軻、劇孟等古代人物。傳統的俠義精神，充滿了浪漫的激情，輕生命，重然諾，鋤強，扶弱。這種傳統的俠義精神，使武俠小說中各種俠士有生命，以活生生的形象呈現在讀者眼前。

有人以為武俠小說是「成人童話」，因為武俠小說中的人物思想方法是不實在的。其實不盡然，比較客觀一點的說法是，武俠小說中人物的思想方法，在現代人之中，極少存在，但在古人中，是存在過的。

小說：武俠小說一定要是小說。任何形式的小說，最根本的一點，本身必須是小說。不然，科學小說變成了科學教科書，武俠小說變成了技擊指導。必須是小說，有小說的吸引力，不然，不成其為武俠小說。

所以，武俠小說是什麼？是「武＋俠＋小說」。

◆金庸出現了

武俠小說在中國有悠久的歷史，唐人傳奇中有不少就已經可算是武俠小說。到清末，已見大成，《江湖奇俠傳》已是歷久不衰的武俠小說。

民國以來，武俠小說精采紛呈，名家輩出：平江不肖生、還珠樓主、朱貞木、白羽、鄭證因、王度盧等等，百花齊放，各人有各人的風格，維持了三十年的熱鬧。

然後，金庸忽然出現了！

金庸出現之後，使武俠小說進入了一個新的境界。

在金庸之前，儘管有還珠樓主的極度豐富想像力，儘管有王度盧的細膩深刻，但是：武俠小說，始終是武俠小說，不列入文學作品之內。當然，讀者只將武俠小說當作消閒作品，是原因之一。原因之二是作品的水準問題，或結構鬆散（甚至根本沒有結構），或文字拙劣（甚至根本不成其為文字）等等，原因甚多，也不必一一去探討。

而金庸一出，只要看過金庸的作品，都無法否認，金庸所著的武俠小說，可以和古今中外任何小說放在一起，而仍佔有極高的地位。

金庸的武俠小說，採取了中國傳統小說形式和西洋小說相結合的方式來寫作，而且二者之間，融合得如此之神妙，使得武俠小說進入了一種新的境界，不單是消閒作品，而是不折不扣的文學創作形式之一種。

金庸所創出的這一個局面，有稱之為「新派武俠小說」者，這稱謂不算恰當，但倒可以顧其名而思其義，意思是：和過去武俠小說截然不同的武俠小說。其實，武俠小說本來就應該是這樣子，以前只不過是寫作者實力未逮，寫得不好而已。

金庸以他極度淵博的學識，具有獨特感染力的文字，對小說結構的深刻研究，豐富無比的想像力來從事武俠小說的創作，眼高而手不低，寫出的小說，不論讀者的程度如何，一致叫好，絕非偶然。那是他本身寫作才能的表現，同時也證明了武俠小說，完全是小說的一種形式，是文學創作的一種形式，不應在文學創作的行列之中將武俠小說排擠出去。

武俠小說有好有壞，和其他形式的小說一樣。好的武俠小說，甚至可以選入教科書。試看金庸武俠小說中文字運用技巧之多，就可以得到明證。

3

金庸小說中的文字

◆典型的中國文字

金庸小說之中，有很多傳統小說文字的影子。

這裡所用的「文字」一詞，是一個統稱，包括文字語法等等在內。

金庸一直主張中國人寫小說，文字運用方面，不應該摒棄中國傳統小說，不應該刻意去模擬西洋小說。這一點，在他自己的創作中，得到了實踐。

金庸小說所用的筆法，不是純白話文，而是中國傳統小說特有的筆法。《射鵰英雄傳》開始的一段，活脫是《水滸傳》，甚至用了「遮莫」這樣的字眼。但是運用得恰到好處，絕不阻礙現代讀者對小說的欣賞。雖然不是純白話文，但是口語化的程度，還在純白話文之上。

金庸小說中所用的文字，絕不洋化，「的」、「了」、「嗎」、「呢」等等，要用也是非用不可，沒有「文藝腔」，結結實實，乾乾淨淨，是典型的中國文字。

至於什麼性格的人講什麼話，那只是屬於寫作技巧上的小道，不如整個總原則來得重要。

中國獨有的形式的小說，用典型的中國文字來寫，是金庸的成功處。

所以，看金庸的小說可以成為賞心樂事，因為金庸已經將文字運用得出神入化。絕不令讀者看了感到吃力；超越的文字運用，可以將讀者帶進小說的境地中，也可以令作者所要表達的，通過文字的運用，使每一個讀者接受。

金庸小說中的文字，有時繁，有時繁，但繁得恰到好處，使人覺得在此處，非繁不可，不繁便不像。有時簡，簡得也恰到好處，令人覺得多一字便不好。

繁的例子，無過於《笑傲江湖》中「桃谷六仙」的對話，這六個人渾噩而不通世務，對話之繁，有至如下程度者：

終於有一人道：「咱們進去瞧瞧，到底這廟供的是甚麼臭菩薩。」五個人一湧而進。一人大聲叫了起來：「啊哈，你瞧，這裏不明明寫著『楊公再興之神』，這當然是楊再興了。」說話的乃是桃枝仙。

桃幹仙搔了搔頭，說道：「這裏寫的是『楊公再』，又不是『楊再興』。原來這個楊將軍姓楊，名字叫做公再。唔，楊公再，楊公再，好名字啊，好名字。」桃枝仙大怒，大聲道：「這明明是楊再興，你胡說八道，怎麼叫做楊公再。」桃幹仙道：「這裏寫的是『楊公再』，可不是『楊再興』。」桃根仙道：「那麼『興之神』三個字是甚麼意思？」桃幹仙道：「『興之神』這三字難道是我寫的？既然不是我寫的，我怎知是甚麼意思？」桃葉仙道：「興，就是高興，興之神，是精神很高興的意思。楊公再這姓楊的小子，死了有人供他，精神當然很高興了。」桃根仙點頭道：「很是，很是。」桃花仙道：「我說這裏供的是楊七郎，果然不錯，我桃花仙大有先見之明。」桃枝仙怒道：「是楊再興，怎麼是楊七郎了？」桃幹仙也怒道：「是楊公再，又怎麼是楊七郎了？」

桃花仙道：「三哥，楊再興排行第幾？」桃枝仙搖頭道：「我不知道。」桃花仙道：「楊再興排行第七，是楊七郎。二哥，楊公再排行第幾？」桃幹仙道：「從前我知道的，現在忘了。」桃花仙道：「我倒記得，他排行也是第七，因此是楊七郎。」桃根仙道：「這神像倘若是楊再興，便不是楊公再，如果是楊公再，便不是楊再興。怎麼又是楊再興，又是楊公再？」桃葉仙道：「大哥你有所不知。這個『再』字，是甚麼意思？『再』，便是再來一個之意，一定是兩個人而不是一個，因此既是楊公再，又是楊再興。」餘下四人連連點頭，都道：「此言甚是有理。」

突然之間，桃枝仙說道：「你說名字中有個『再』字，便要再來一個，那麼楊七郎名字有個七字，應不是要再來七個？」桃葉仙道：「是啊，楊七郎有七個兒子，那是眾所周知之事！」桃根仙道：「然則名字中有個千字便是一千個兒子，有個萬字，便是一萬個兒子？」

文字簡鍊之處，在金庸作品中隨處可見，若要舉例，有騙稿費之嫌。

◆活潑．生動．離奇

金庸小說中文字之生動活潑處，有看到使人忍不住大笑者，如《鹿鼎記》，韋小寶看到阿珂到妓院，心中嘀咕……「天下竟有這樣的事，我老婆來嫖我媽媽」，便曾午夜大笑，驚醒老妻，被饗以老大白眼。

金庸小說中文字的嚴肅處，能發人深省，深入淺出。如《神鵰俠侶》中郭靖教訓楊過，俠之大者的道理那一段。

金庸小說中，文字調侃世人時，能令人會心微笑，如《倚天屠龍記》中，朱長齡鑽山洞：

……心中兀自在想：「這小子比我高大，他既能過去，我也必能過去。為什麼我竟會擠在這裡？當真豈有此理！」

可是世上確有不少豈有此理之事，這個文才武功俱臻上乘，聰明機智算是第一流人物的高手，從此便嵌在這窄窄的山洞之中，進也進不得，退也退不出。

金庸說「世上確有不少豈有此理之事」，那是調侃一種老是憤憤不平、自以為懷才不遇的人物。其實，世上並無豈有此理之事，任何事都有道理，只是有些人不明白而已。

金庸小說中，文字離奇處，可以令人屏氣靜息，不思茶飯，遑論睡覺！我絕不信有人可以看《射鵰》，看到梅超風背後跟著一個戴著人皮面具的人，而不知這人是誰的時候，可以放得下書來，不看下去。

金庸小說中，文字開玩笑處，可以令人以為真有其事，反疑是史家作偽。《鹿鼎記》中，寫韋小寶和俄國人談判的過程，無不煞有介事。最後韋小寶簽名，還說「史家漫不可辯」。玩笑開得大，讀者心中樂。

金庸小說中，文字引經據典處，一字之改，可以花費一星期的時間。

金庸小說中，文字……

金庸小說的文字，是絕頂高超的中國文字。

4 新版和舊版

◆感情打了折扣

金庸的全部作品，都經過他自己的修訂改正，有的改動幅度極大，甚至有連主要人物的名字都改了的。在看了幾部新的之後，就大大不以為然。

修訂舊作，可以改動舊作中的錯漏之處，實在不必逐句逐字去修改。

例如，需要修改的地方是錯誤，像《倚天屠龍記》中，五月初五次日的約會，謝遜和成崑的決鬥間有日蝕，這是錯誤，因為日蝕是發生在初一。又例如，《俠客行》中寫了閏正月，陰曆中是沒有閏正月的。在金庸作品中，這種例子極少，當然需要修正。

可是金庸卻採取了逐字逐句的修正，這種做法，固然可以說是一種嚴謹的創作態度，但是卻起了反效果。

經過修訂之後，小說中的每一句句子，幾乎都無懈可擊、合乎語法，但小說文字，激情比合文法重要。在創作過程中，作者和筆下的人物、故事，在感情上融為一體，是一種直接的感情上的結合，下筆之際，所使用的文字，有時甚至是欠通的，但是卻充滿了感情。

等到若干年之後，當時的創作狂熱必然消退，只是以一種平心靜氣的旁觀者的立場來看自己的作品，固然可以看出許多缺點來，但這些缺點，在創作時既然寫了出來，在當時就有它一定的理由，一一修改，結果是通順了，合乎語法了，結構更嚴謹了，但是在小說的感情注入方面，就大大打了折扣。

所以，當時在看了幾部修訂作品之後，就在報上寫了不少短文，以讀者身分去提抗議，並且指出，其他作品還勉強可以這樣做，《鹿鼎記》萬萬不可，一這樣做，味道全失。金庸對拙見有一半表示同意，結果《鹿鼎記》改動得最少，幸得保存原貌。當時還曾有一個比喻，說一個美女，由得狂風將她的頭髮吹亂，有時比梳洗整齊，還要動人！

不過，如今讀者可以看到的，已全是「新版」，舊版書已在市面上絕跡，只有十年以上讀齡的老讀者，私人保存若干，珍貴非凡。有金庸舊版小說者，切勿輕易借給他人。我保有的幾部，連金庸之子來借，都要還了一部，才能再借一部新的。

◆喜愛舊版多於新版

新版和舊版的差別，最明顯的一個例子是《倚天屠龍記》中，張無忌童年時在冰火島上的遭遇。在舊版中，冰火島上，有一隻玉面火猴，一隻極可愛靈異的小猴子，和張無忌為伴。但是在新版中，卻刪去了這隻猴子。

金庸刪去這隻猴子的用意，相當明顯。這種靈異的小猴子曾在許多武俠小說中出現過，為了不想落入「俗套」，所以刪去。

可是金庸未曾想到，這隻猴子當時既然出現在冰火島上，是有一定原因的。那時張無忌在童年，金庸在感情上，是和張無忌的童年共相結合的。在遠離人煙的冰火島上，童年的張無忌所見到的人，只是謝遜和他的父母，而這三個成人之間，又有著錯綜複雜、絕非一個兒童所能了解的關係。在這樣的情形下，自然而然安排一頭靈異的猴子和童年張無忌作伴，作者和創作人物之間感情的結合，自然流露。

在童年時看來如珠如寶的好東西，到了一個人長大之後，會不屑一顧。張無忌在金庸筆下，逐漸長大、成熟，作者和他筆下人物的感情，也在隨著演變，在感情上，也在隨著長大。當金庸著手修訂《倚天屠龍記》之際，張無忌早已成了明教的教主，已經經歷萬千艱辛，長大成人了。回頭再看童年時，覺得一隻猴子無足輕重。但在當時，猴子卻極其重要。

舉這個例子，只是想說明，像金庸這樣成功的小說家，和他筆下的人物，必然有著極其直接的感情上的聯繫。有時，這種聯繫，甚至是代入的。

所以，不宜在長大之後，改動童年的生活。因為長大後，和童年時感情是不同的，盡量保留原狀，才是最好的辦法。

所以，有不少人，包括我在內，喜歡舊版多於新版。

5

逐部說

金庸小說，一共十四部。

這十四部小說（其中兩個短篇，或是能稱「篇」而不能稱「部」），每一部有每一部不同的風格、特色，必須將每一篇單獨提出來討論。

以下就是我對這十四部小說的意見，只是對小說整體的意見，小說中的人物，分篇再詳細討論。

書劍恩仇錄

《書劍恩仇錄》是金庸的第一部小說。

第一部小說，有兩個可能情形發生。一個可能是：第一部小說是不成熟的習作；另一個可能是：第一部小說光芒萬丈，但無以為繼。

金庸的情形很不一樣。

《書劍恩仇錄》在金庸的作品之中，當然不是很好，但已經光芒萬丈，而且後繼者光芒更甚，在舉世作家之中，很少有這樣的例子。

《書劍》在金庸的作品中，不是特出的作品。原因有：其一，《書劍》是「群戲」，主角是「紅花會」，而不是一個人或兩個人。而紅花會一共有十四個「當家」，金庸雖然突出了其中的幾個，但必然分散了感染力，以致沒有一個最特出的人物。

武俠小說有一個特點，是相當個體的。讀者看武俠小說，要求個體的心靈滿足，個人英雄主義的色彩越濃，個體的形象越是突出，就越能接受。

雖然後來一直到《射鵰英雄傳》，金庸仍然在強調「群體力量」，但是在他的作品中，只有《書劍》一部是「群戲」，其餘皆擺脫了這一點，而以一個、兩個人物為主。有可能是金庸自己在創作了《書劍》之後，迅速地認識了這是一個缺點之故。

《書劍》採用了「乾隆是漢人」的傳說，借乾隆這個人物，寫出了既得權力和民族仇恨之間的矛盾，在表達這一點的意念上，獲得成功。《書劍》中幾個主要人物，寫得並不出色，反倒是幾個次要人物，活龍活現，令人擊節讚賞。

作為第一部作品，金庸在《書劍》中，已經表現了他非凡的創作才能，眾多的人物、千頭萬緒的情節，安排得有條不紊，而又有一氣呵成之妙。

《書劍》的開始，李沅芷、陸菲青的師徒關係那一段，應該是明顯地受了王度盧《臥虎藏龍》首段的影響，筆法也有刻意仿效中國傳統小說之處。而幾處在人物出場、提及姓名之際，儼然似《三國演義》。

寫人物方面的功力，在《書劍》中也已表露。對金庸而言，《書劍》是　個嘗試，這個嘗試肯定是極其成功的，這才奠定了他以後作品更進一步成功的基礎。

在《書劍》中，有一段寫周家莊中，周仲英公子衝突一事，第一次發表時，情節明顯取自西洋小說。在修訂改正時，完全改去。這說明金庸在他的創作過程中逐漸成熟，更致力於個人風格的建立，摒棄一切外來的影響。

這種獨特風格的逐步形成過程，是金庸的成功過程。《書劍》是金庸成功的一個起點。

在金庸作品之中，《書劍》的地位、排名，在第八位。

碧血劍

金庸在創作《碧血劍》時，已在尋求一個新的突破，他這部小說採取了一種特異的結構。書中真正的主角金蛇郎君，是一個早已死了的人，一切活動，只在倒敘中出現。而另一個擺出來一本正經是主角的人物袁承志，相形之下，黯然失色。

所以，金庸在金蛇郎君和袁承志雙線並敘的時候，雖然只是一線出色，還有可觀之處。到了金蛇郎君那一線告一段落之後，就有潰崩的跡象。尤其是到了末段，是金庸小說中最差的一段，可稱敗筆。

這一段敗筆，在金庸重新修訂他的作品時，幾乎整個改寫，改寫之後，自然比前次發表時變好得多，但在金庸作品中的「劣品」地位卻不變。

在《碧血劍》中，金庸首先向正統的是非觀念挑戰。金蛇郎君是一個放蕩不羈的人物，而金庸肯定了他的個性，將他寫得極其動人、可愛。

《碧血劍》的另一個特色是金庸採真實的歷史和虛構情節的揉合發揮得更成熟，崇禎的女兒長平公主，可以在江湖上行走。這都是虛構和真實的揉合，真真假假，成為金庸小說的一大特點，而到了《鹿鼎記》時，更是發揮到了淋漓盡致的境界，令人嘆為觀止。

《碧血劍》在金庸的作品之中，是最乏善可陳的一篇，其地位、排名在第十二位。

值得一提的是，在新版《碧血劍》的單行本中，有一篇附篇〈袁崇煥評傳〉。這篇評傳，以深入淺出的文字寫袁崇煥，對於明末的歷史，做了極詳實的敘述，也寫出了一個歷史上的英雄人物，因為性格而鑄成的悲劇的那種悲壯而無可奈何的況境，令人閱後滄然。

這篇文字中，對於群眾的盲目性，雖然沒有用什麼嚴厲的字眼加以譴責，但是非議之意，躍然紙上。

〈袁崇煥評傳〉是一篇極有價值的論文，而且可讀性極高，近世堪與比擬的相類文字，只有柏楊的《中國人史綱》而已。

雪山飛狐

在經過了《書劍恩仇錄》和《碧血劍》的初期摸索階段之後，金庸創作了《雪山飛狐》。

《雪山飛狐》是石破天驚的作品，突破了「書戲」的「群戲」，隱約繼承了《碧血劍》中的雙線發展和倒敘的結構。而將整部小說的結構，推向了一個新的境界，通過一連串的倒敘，倒敘出自每一個人的口中，有每一個人之間的說法，在極度撲朔迷離的情形下，將當年發生的事，一步一步加以揭露。

和《碧血劍》有相同之處的是，《雪山飛狐》中真正的人物，並不是胡斐，而是倒敘中的苗人鳳和胡一刀夫婦。所不同的是，《碧血劍》中的倒敘人物早已死去，而在《雪山飛狐》之中，苗人鳳卻留了下來，最後還和胡斐決戰。

所以，《雪山飛狐》沒有《碧血劍》的缺點，在倒敘的一條線結束之後，另一條線，一樣極其精采。

《雪山飛狐》發表至今，是金庸作品中引起爭論最多的一部。引起爭論處，有兩點：

第一點，多個人物敘述一件若干年前的事，各人由於角度、觀點的不同，由於各種私人原因，隨著各人個人的意願，而說出不同的事情經過來。

這是一種獨特的表達方式，很有點調侃歷史的意味，使人對所謂「歷史真相」，覺得懷疑。每一個人既然都站在自己的立場，為自己的利益做打算來敘述發生的事，那麼事實的真實性究竟有多少呢？不單是歷史的記述者，尤其是所謂的「自傳」，真實性如何，更可想而知。

這種寫法引起爭論之處是，許多人直覺上，認為這就是《羅生門》。（《羅生門》是指日本電影《羅生門》而言，《羅生門》的原著小說極簡單，電影到了黑澤明手中，才發揮得酣暢淋漓。）

由於《羅生門》中有同樣的結構，每個人在敘述往事的時候，都有不同的說法，而事實的真相便淹沒不可尋。所以，《雪山飛狐》在讀者心目中，就往往與《羅生門》相提並論。

關於這一點，我的看法是：《雪山飛狐》在創作過程之中，金庸在一開始之際，當然受了電影《羅生門》的影響。但是明眼人很容易看出來，金庸在開始創作之後不久，就立即想到自己的作品，會被人與《羅生門》相提並論。所以，他努力在突破，不落入《羅生門》的窠臼之中，而結果，他的努力獲得了成功。說《雪山飛狐》倒敘部分的意念來自《羅生門》，可。說《雪山飛狐》是《羅生門》的翻版，絕不可。如果強要這樣說，那是證明說的人，未曾仔細看過電影《羅生門》和未曾仔細看過《雪山飛狐》。

（在這裡，如列舉電影《羅生門》和《雪山飛狐》的異同之點。要這樣做，可以寫十萬字，變成一種專門性的評論，而這不是我原來的意圖。各位可以注意，在行文中，我甚至竭力避免引用金庸作品的原文，只是就金庸作品發表我個人的意見，這才符合「我看金庸小說」這個大題目，也可以使文字的趣味性提高。）

（或曰：何不引用原著的文字，你說好或不好，怎麼證明你說對了？答：這些文字，全是寫給看過金庸小說的人看的，未看過金庸小說，請快點看。）

（不看金庸小說，絕對是人生一大損失！）

金庸在《雪山飛狐》中採取的倒敘結構，是武俠小說中從未也未曾出現過的，是一種斷然的新手法。這種新手法的雛型在《碧血劍》，而成熟於《雪山飛狐》。奇怪的是，在金庸以後的作品中，卻絕不再見。或許金庸認為那只是創作中的一種「花巧」，偶一為之則可，長此以往則不可之故。

第二點引起爭論的是：《雪山飛狐》寫完了沒有？

《雪山飛狐》寫到胡斐和苗人鳳動手，兩個人之間，已經有了許多恩恩怨怨，動手是非分勝負、決生死不可的。而且金庸安排兩人動手的地點，是在一個絕崖之上。背景地點寫得這一段情節絕無退路，完全沒有轉寰、迴旋的餘地，非判生死不可。而從開始起，決鬥的兩個人，全是書中的正面人物，不論是作者或讀者的立場，兩個人之間，是誰也不能死的。

這等於是一個解不開的死結。

所有的讀者，都屏氣靜息，等著金庸來解開這個死結，而且，讀者也相信金庸可以極其圓滿地解開這個死結。終於，決鬥的雙方，胡斐和苗人鳳，可以判出高下了，胡斐捉住了苗人鳳刀法中的一個破綻，在交手過招之間，一發現了這個破綻，只要再發一招，就可以判生死、定勝負了！

然而，金庸卻就在這個節骨眼兒上，停筆不寫下去，宣稱：全書結束了！胡斐的這一刀是不是砍下去？金庸的解釋是：讓讀者自己去設想。

我認為，《雪山飛狐》不算是寫完了，那是金庸對讀者所弄的一個狡獪。《雪山飛狐》如今這樣的結局，絕不在創作計畫之內，而是在種種因素之下，擱筆之後的一種「靈機」。靈機既然觸發，覺得就此結束，留下無窮想像餘地給讀者，也未嘗不可。開始時，只覺得「未嘗不可」，隨著時間的過去，靈機一觸變成思慮成熟，由「未嘗不可」也轉變為絕對可以，所以就成了定局。

在和金庸交往之際，每以此相詢，金庸總是一副「無可奉告」的神情，既然高深莫測，只好妄加揣度了。

《雪山飛狐》結局，金庸所賣弄的狡獪，也只能出自金庸之手，旁人萬萬不可仿效。由於全書一步一步走向死胡同，在死胡同所盡之處突然不再寫下去，讀者的確可以憑自己的意念與想像，也可以去揣想金庸原來的意念是怎樣的。在談論金庸的作品時，可以平添奇趣，這也是金庸的成功之處。

《雪山飛狐》在金庸的作品中，憑他創造了胡一刀夫婦這樣可愛的人物，憑奇特、離奇的結構，本來可以排名更前，但由於未有了局，將解開死結的責任推給了讀者，所以，只好排名第五位。

射鵰英雄傳

《射鵰英雄傳》是金庸作品中廣被普遍接受的一部，最多人提及的一部。自《射鵰》之後，再也無人懷疑金庸的小說巨匠的地位。這是一部結構完整得天衣無縫的小說，是金庸成熟的象徵。

《射鵰》是金庸作品中最重要的一部小說，是絕對毋庸置疑的。

在《射鵰》中，歷史人物和虛構人物的揉合，又有了新的發展。虛構人物不再擔任小角色，而是可以和歷史人物分庭抗禮了。郭靖自小就和成吉思汗在一起生活，後來更曾統率蒙古大軍西征。

從此開始，金庸筆下對創作人物的處置，更加隨心所欲，有時甚至可以凌駕於歷史人物之上了。

這樣的安排，足以證明金庸對他所寫的小說的歷史背景，有了更深刻的研究和心得。讀者當可以發現，在歷史和創作的揉合之中，是極度的水乳交融、不著痕跡的。

也有人認為金庸的這樣寫法，會有誤導讀者錯誤認識歷史之可能。這種說法，當然不值一笑，也不值一駁。持這種想法的人，只怕要在每一座高樓之下張上安全網，以防有人跳樓。

《射鵰》最成功之處，是在人物的創造。《射鵰》的故事，甚至可以說是平鋪直敘的，所有精采的部分，全來自所創造出來的、活龍活現、無時無刻不在讀者眼前跳躍的人物。

金庸寫人物，成功始自《射鵰》，而在《射鵰》之後，更趨成熟。

《射鵰》在金庸的作品中，是比較「淺」的一部作品，流傳最廣，最易為讀者接受，也在於這一點。

《射鵰》中的「東邪西毒南帝北丐中神通」，有傳統武俠小說的影子，但也成了無數武俠小說競相仿效的寫法。《射鵰》可以說是一部武俠小說的典範，在武俠小說史上，佔有最重要的地位。

《射鵰》中，金庸還在強調群眾力量，強調群體，盡在個人力量之上，這種觀念集中在君山之會，郭靖、黃蓉被丐幫的群眾逼得面臨失敗這一情節上。但是這種觀念在一再強調中，實際上已出現了崩潰的跡兆，實在無法再堅持下去。個體的力量在前頭，金庸用一種無可奈何的心情，接著又寫了郭、黃二人，打敗了丐幫的大批人。英雄人物，畢竟是個體的、獨立的。和群眾的盲目、衝動，大不相同。

這種群體觀點崩潰的跡兆，始於《射鵰》，而到了《神鵰俠侶》，楊過在百萬大軍之中，擊斃蒙古皇帝，已徹底轉變完成。自此之後，金庸的小說中，始終是個體觀念為主了。

愛情上的觀念，一直到《射鵰》，金庸還是堅持「一男一女」的「正確戀愛觀」，這種觀念一直維持到最後一部《鹿鼎記》，才來了一個大突破，在輪到《鹿鼎記》時，自會詳敘。

所以，在《射鵰》中，郭靖儘管和蒙古公主有婚約，可是在遇見了黃蓉之後，他只好在兩者之中擇其一，當然，感情上的挫折，也變成了故事的豐富情節。《射鵰》熱鬧、情節曲折動人、人物生動豐富，是雅俗共賞的成功作品。《射鵰》在金庸的作品中，我將它排在第七位。

神鵰俠侶

《神鵰俠侶》的創作年代是一九五九年。這個年代，相當值得注意。金庸在五〇年代的末期，已經創造出了兩個極其突出的人物。一個是完全不通世道人情、種種社會規範的「小龍女」，一個是深諳人情世故、身懷絕技，但是卻無視於自己所熟悉的環境的壓力、一意孤行的「楊過」。這兩個人，一個是自然而然、不自覺地反抗著社會，一個是有意要做社會的叛逆。

其所以要各位特別注意《神鵰》的創作年份，是因為就在六〇年代一開始，世界各地，青年人的主導思想就是叛逆，而叛逆的類型，又都脫不出自覺和不自覺的兩種類型。

金庸所寫的叛逆，是楊過和小龍女對當時宋朝社會的叛逆。但是在人性上而論，放在任何時代皆可適合，這是《神鵰》在創作上最大的成功。

《神鵰》從頭到尾，整部書都在寫一個「情」字。「問情是何物」，是全書的主旨。書中所寫的各種男女之情，各種不同性格的人所遇到的不同愛情，有的成為喜劇，有的成為悲劇，可以說從來沒有一部小說中，有這麼多關於愛情的描寫。

《神鵰》中不但有「情花」，可以致人於死，也有「黯然銷魂掌」，成為至高無上的武功。甚至到最結尾時，還有郭襄暗戀楊過的小女兒之情。

《神鵰》是一部「情書」，對愛情描述之細膩，在金庸其他作品之中，甚至找不到差可比擬的例子。

《神鵰》中，郭靖、黃蓉和楊過之間的衝突，是社會規範和人性的衝突。在衝突的過程中，黃蓉甚至運用了陰謀，本來已佔盡上風的黃蓉尚且要如此，可知人性掙脫枷鎖的力量是何等巨大。

《神鵰》中楊過歷盡種種艱苦，而成為一代大俠，接受了郭靖「俠之大者」的訓言，但楊過還是楊過。郭靖替他取名字：「名過，字改之。」是一種希望，他失望了，楊過沒有改變他的本性，這正是金庸在《神鵰》中特別強調的一點。

《神鵰》整部書的結構有一個最大的缺點，就是小龍女和楊過在不能不分開的情形下分開，黃蓉編了一個謊言，使楊過充滿希望，等了十六年。這十六年，對一個深切認識到愛情是什麼的人而言，是極度痛苦的煎熬。結果是十六年後，小龍女、楊過重逢，喜劇收場。

楊過在《神鵰》中，自始至終是一個悲劇性格的人物，小龍女也是，因為他們和當時社會，完全不能相合。楊過、小龍女的重逢，對讀者而言，是一個大喜訊，人人額手稱慶，但對整部小說而言，卻是敗筆。試看小龍女再出現之後，哪裡還有什麼光芒可言？遠不如讓楊過一直悲劇下去好得多了！

金庸原來的創作意圖如何，不得而知，但是就小說論小說，《神鵰》從一開始起，就注定是一個悲劇，是不是為了遷就讀者的意願，硬將之改成喜劇，不得而知。

作為讀者之一，如今雖然說得口硬，但在看《神鵰》時，也希望小龍女、楊過重逢，雖然在掩卷之後，一再認為悲劇可以使《神鵰》更完整，也相信金庸在創作開始時，也以悲劇為主旨，不然，何必讓小龍女給一個毫不相干的道士姦污？

金庸在寫《神鵰》的時候，以喜劇收場，絕對可以諒解，因為那時正是《明報》初創時期，《神鵰》在《明報》上連載。若是小龍女忽然從此不見，楊過淒淒涼涼，鬱鬱獨生，寂寞人世，只怕讀者一怒之下，再也不看《明報》。但在修訂改正之際，仍然保持喜劇收場，卻有點不明所以了。

現在，因為《神鵰》喜劇收場，所以談論的人如區區，才能提出應該是悲劇，小龍女不應復出。但如果金庸真的這樣寫了，一定不答應，要他改成大團圓結局。誰真能忍受小龍女就此消失，楊過傷心致死？寫小說之難，由此可見一斑！

《神鵰》中，金庸表現了一種觀念上的矛盾，一方面，是人性的自然發展，另一方面，是為國為民的傳統思想，這種矛盾，在楊過的任性和郭靖的忠誠上，屢起衝突。但它應該如何，金庸並沒有下結論，郭靖還是郭靖，楊過還是楊過，誰也改變不了誰。這當然是金庸在當時自己的思想方法上，只是出現了矛盾而未有結論之故。

這種矛盾，一直在持續著，在以後的金庸作品中處處可見，直到最後，才有了突破。

《神鵰》中有一隻高傲的大鵰。《神鵰》中巨鵰是實，《射鵰》中的鵰是虛。

有人非議《神鵰》中楊過在襄陽城外擊斃蒙古皇帝的情節：「與歷史不符」。這種批評，拘泥不化之甚。在詳細寫了楊過的一生經歷之後，楊過擊斃蒙古皇帝的一節，正是雷霆萬鈞的力量。宛若鬱鬱之下的豪雨，何等酣暢，何等大快人心！或曰：歷史上根本沒有這樣的事！答曰：中國歷史上根本沒有楊過，外國歷史上又何嘗有一個王子叫作哈姆雷特！

《神鵰》的主題曲是：「問世間，情是何物，直教生死相許？」

《神鵰》在金庸作品中，排名第四。

飛狐外傳

金庸的創作生活中，很少有兩篇小說同時寫的情形。《飛狐外傳》是例外，是和《神鵰俠侶》同時創作的。也就是說，金庸在那時，同時寫兩篇小說：替《明報》寫《神鵰俠侶》，又替一本叫《武俠與歷史》的武俠小說雜誌寫《飛狐外傳》。

金庸的創作能力，完全可以應付同時創作兩篇小說，《飛狐外傳》在金庸作品中的地位不高，顯然和「同時寫兩篇」無關。

《武俠與歷史》這本武俠小說雜誌，如今已經停辦。但它不但曾刊載過金庸的《飛狐外傳》，也曾首載過古龍的《絕代雙驕》。在近代武俠小說的歷程上，有重要地位。

《飛狐外傳》補《雪山飛狐》之不足，寫胡斐這個人的成長過程。在《外傳》中，胡斐才是真正的主角。但是金庸為了要建立《雪山飛狐》已經寫完的概念，在《外傳》中就處處受到牽制，所以胡斐在《外傳》中，始終只是烏雲密布，不能霹靂一聲，豪雨如注。

除了胡斐遇到無塵道長，快刀鬥快劍這一大段，可以令人眉飛色舞之外，像佛山鎮上的情節，鳳天南這個人，袁紫衣是鳳天南的女兒這種情節安排，是金庸作品之中最沉悶而不動人的情節。

《外傳》的主段，欲放不放，但旁枝卻精采紛呈。「紅花會」中的人物，在《外傳》中出場不多，但是卻光芒萬丈，比在《書劍恩仇錄》中更好。常赫志、常伯志在天下掌門人大會中救人，倏來倏去，神出鬼沒，在《書劍》中就沒有這樣的精采片段。甚至陳家洛憂鬱不言，墳前灑淚，也比《書劍》中可愛得多。

《外傳》中有雙生兄弟三對：倪不大、倪不小，常赫志、常伯志，馬春花和福康安所生的一對雙生子。金庸在寫到倪不大、倪不小之際，十分傳神，他們講話是一個講一句，結合成為一段話的。年前，在台北遇到一對在電影界工作的雙生子，發現他們講話，是一個人講半句，結合成一句話，比金庸的描述尤有過之，這是一種十分有趣的現象。再有機會改正時，倪不大、倪不小也可以每人說半句話？

馬春花所生的那對雙生子，在《雪山飛狐》中已經成長，可惜金庸已經擱筆，不然這一對玉雪可愛的人物，可以構成一部佳作。

《外傳》中另一個精采紛呈的旁枝，是有關「毒手藥王」的一大段。「毒手藥王」用毒，和西毒歐陽鋒又全然不同，毒藥、用毒的花樣之多，看得人目眩心跳。在金庸作品中，寫用毒最好的，佔第二位。第一位是《倚天屠龍記》中的王難姑。

《外傳》中有一件兵刃，鳳天南使的黃金棍：「這金棍長達七尺，徑一寸有半，通體黃金鑄成，可算得武林中第一豪闊富麗的沉重兵器。」這條黃金棍，「豪闊富麗」只怕不如《神鵰俠侶》中尹克西的那條鑲滿了寶石的鞭，但沉重則毫無疑問。有多重？很容易計算，小數點以後略去。

圓柱體積 $= \pi R^2 \times H$，$H = 7$ 尺 $= 233$cm，$R = 1.5$ 寸 $\div 2 = 2.5$cm

$\pi R^2 \times H = 233 \times 2.5^2 \times \pi = 4{,}574\text{cm}^3$

黃金比重 $= 19.3$g

$4{,}574 \times 19.3 = 88{,}278\text{g} = 88.278\text{kg}$

鳳天南的這條黃金棍，重八十八公斤以上。《隋唐演義》中，山東第一條好漢秦瓊的黃金鐧，只及它的三分之一左右，真是非同小可。

胡斐為了無緣無故的一個鄉下人，而與鳳天南這樣武功高強的豪富周旋到底，確實可觀。

《飛狐外傳》在金庸作品中排名第十一。

白馬嘯西風

《白馬嘯西風》是金庸作品中兩個短篇之一，是專為電影創作的故事。初次發表和修改之後，有極大的差異，是金庸修改得最多的一篇作品。

《白馬》在未修改之前，不通，修改之後，通了。

《白馬》中描寫師、徒之間的爾虞我詐，是《連城訣》的前身，在《白馬》中未曾得到發揮的，在《連城訣》中得到發揮。

金庸只寫了兩個短篇，就沒有再嘗試下去。而兩個短篇，在金庸作品中的地位都很低。金庸的寫作過程，是一種慢熱的過程。精采如《神鵰》，開始時一大段，熱門如《射鵰》，開始時一大段，都未到精采的階段。一定要在經過了縝密的安排之後，精采處才逐漸呈現，終於到達令讀者目不暇給的程度。而短篇的創作，根本沒有這一過程，金庸的特異優點，就得不到發揮。

白首相知猶按劍，
朱門早達笑彈冠。

這一聯是《白馬》的主題。金庸原意，可能想通過華輝的遭遇，寫出世情的險惡，但是短篇完全不給金庸以發揮的機會，無可奈何之至。

《白馬》在金庸作品中，排第十四位。

鴛鴦刀

《鴛鴦刀》是金庸另一個短篇，情形和《白馬嘯西風》相類。在《鴛鴦刀》中，出色的是四個喜劇人物：太岳四俠。四個武功低微的小人物。

這是金庸小說中第一次出現這樣的喜劇性性質的人物，雖然在《鴛鴦刀》中，一樣未曾得到發揮，但已經奠定了一個基礎。在以後的作品中，這類人物不斷出現，當然大有變化，有的武功高強而渾沌未開（《笑傲江湖》中的「桃谷六仙」），有的深謀遠慮而喜劇性至強（《倚天屠龍記》中的朱長齡），等等。

武功低微，一樣可以成為武俠小說的主角，這一個意念的形成，極其重要。基於這一個意念，金庸才有了《鹿鼎記》中的韋小寶。《鹿鼎記》是金庸作品中最好的一部小說。

《鴛鴦刀》在金庸作品中，排第十三位。

連城訣

《連城訣》是金庸作品中最獨特的一部。初次發表時的篇名是《素心劍》，修訂改正後，用現名。

如果說，《神鵰俠侶》是一部「情書」，那麼，《連城訣》是一部「壞書」。「情書」寫盡天下各色人等的情；「壞書」寫盡天下各色人等的「壞」。

人性的醜惡在《連城訣》中，被描寫得如此之徹底，令人看了不寒而慄，茶飯不思。有心想反駁一下，人真是那麼壞？可是都想不出反駁的詞句來。只好在極不願意的情形下，接受了這個事實；人真是那麼壞！

師父教徒弟武功，故意弄錯武功的口訣，壞！

為了爭奪女人，設置周密的陷阱，陷害鄉下少年，壞！

師兄弟之間勾心鬥角，壞！

徒弟弑師，壞！

做父親的狠心殺死自己的女兒，將女兒活葬在棺材中，壞到不能再壞！將女兒的情人陷在黑獄之中，百般折磨，壞！

整部《連城訣》中，充滿了人的各種各樣的惡行。而所有的惡行，為的是一大批寶藏，結果人人都為寶藏癲狂。金庸在寫盡了人的惡行之後，放了一把火，將這些惡行放在火裡。但人的這種惡行是實實在在的存在，火也燒不盡。

當然，《連城訣》中也有美麗的一面。丁典和凌霜華的愛情，如此淒迷動人，在金庸所有作品的愛情描述之中，以此為最。其次才輪到《倚天屠龍記》中的楊逍和紀曉芙。凌霜華也是金庸作品中遭遇最令人同情的一個女人，她是被她財迷心竅的父親害死的。

父母害女兒，似乎有點不可思議，但是在現實社會中，為了自己而將女兒送進火坑之中，反倒沾沾自喜的父母，也屢屢可見，難怪有人叫出：「天下有不是的父母！」

《連城訣》也是最苦的一部小說。書中人物遭遇之苦，簡直有令人掩書不忍卒讀者。狄雲為了怕被人發現，躲起來，將自己的頭髮一把一把拔個精光，夠苦了吧？但那還只不過是肉體上的痛苦。精神上的苦，有比這更甚於十倍的。不但是正面人物的精神痛苦，連一直在做壞事的人，精神也處於極度的痛苦之中。殺了人毀屍滅跡之後，每天半夜，夢遊起來砌磚，是陷在何等的苦痛之中。

《連城訣》中也寫了一個人，面臨死亡時的心理狀態和表現。在武俠小說中，俠士總是不怕死的，視死如歸。但金庸卻來了一個突破，一個一直是江湖聞名的大俠，在面臨死亡之際，為了要使自己可以活下去，比任何卑污的小人更卑污。花鐵幹的所作所為，寫盡了人性的弱點。單單為了活下去，不論是活得好，或活得不好，甚至是為了毫無目的地活，人就可以什麼都做得出來。

將人放在一個絕望的環境之中，使人性平時隱藏的一面，得到充分的發揮，這是很多小說家喜歡採用的題材，但未有如金庸在《連城訣》中所描述的如此深刻者。

還好，最後有水笙的一件用鳥羽織成的衣服，使人還可以鬆一口氣。

金庸在《連城訣》的後記中，譴責了冤獄，這篇後記極動人，用淡淡的感觸記述了童年時所聽到的一件事，沒有激烈的言詞，但是卻表達了強烈的感情。整部《連城訣》，就是這樣。

對《連城訣》中的一切惡行，金庸所用的詞句，甚至也不是強烈的，只是淡然的旁觀，唯其如此，感染力才特別強。口角掛著不屑的冷笑，一定比咬牙切齒的痛罵，更加有力。

《連城訣》在金庸作品中，排第九位。

倚天屠龍記

《倚天屠龍記》的主角是「明教」。

金庸在《倚天》的著作上，有了新的突破，明教人物眾多，一個一個介紹出場，直到六大派圍攻光明頂，才總其成，其間過程繁複，頭緒萬千，但是一點點寫來，一個個出場，有條不紊，組織結構之佳，在任何小說中，皆屬罕見。能寫到這樣，已經是空前絕後了，但金庸還不心足，像是有意在考驗自己的創作能力，將一個重要人物，明教的光明右使，留在最後出場，石破天驚，叫讀者不禁這樣想：金庸的創作才能，究竟有沒有盡頭？

《倚天》中的明教，比《書劍恩仇錄》中的紅花會，高出不知凡幾，是金庸創作的又一高峰，因為在寫成功明教的同時，他寫成功了張無忌，形成了群戲中有個體、個體和群戲結合的最佳範例。

從《倚天》開始，金庸武俠小說的想像力更豐富，豐富的想像力，像大海中的巨浪一樣，洶湧澎湃而來，一個巨浪接一個巨浪。這種想像力趨向豐富、大膽的結果，才孕育了他下一部浩淼不可方物的巨著《天龍八部》。

《倚天》是金庸作品更趨向浪漫、趨向超凡不羈的轉捩之作，這可以從金庸作品在《倚天》之後又奔向另一高峰得到證明。

《倚天》寫明教前任教主陽頂天，全是暗筆；寫陽頂天的夫人，更是暗筆之中，另有曲筆，著墨不多，但陽夫人的委婉淒苦，已令人心向下沉，各位讀友千萬請注意這位陽夫人。

《倚天》主題曲的明教經文：

焚我殘軀，熊熊聖火。
生亦何歡，死亦何苦？
為善除惡，惟光明故，
喜樂悲愁，皆歸塵土。
憐我世人，憂患實多！
憐我世人，憂患實多！

在光明頂，要消滅明教的武當大俠，聽了之後，不禁感嘆：「……他們不念自己身死，卻在憐憫眾人，多憂多患，那實在是大仁大勇的胸襟啊！」

這是全書的主旨，金庸通過了《倚天》，將這個主旨表現得極透徹。

《倚天》最無可奈何的是結局。大仁大勇的胸襟，落在朱元璋這樣的野心家手中，就像魔術師有了道具一樣，喝一聲「變！」，就變成個人權術的基礎。金庸無法改變這種事實，只好讓張無忌去替趙敏畫眉。大仁大勇的胸襟，敵不過奸詐權術，真是造化弄人，莫可如何。

《倚天》中有一大段朱長齡為了要得到屠龍刀，不惜毀棄全家的情節。論小說情節中之為達到某一目的而進行的深謀遠慮的陰謀，可稱無出其右者。

這一大段情節，看得人氣喘不過來，隱隱約約覺得那是一個陰謀，但是卻又不敢相信世上會有這樣的陰謀！讀者尚且如此，何況是入世不深的張無忌，自然非中計不可！

朱長齡的大陰謀終於暴露，是張無忌無意之中聽到了朱長齡父女之間的對話，所以起疑。這樣的安排，和朱長齡苦心設計的陰謀對比，是一個敗筆。金庸既然安排了這樣天衣無縫的一個大陰謀，應該更安排極其巧妙的破綻，讓張無忌去揭露。偷聽談話而導致陰謀敗露，是浪費了這個大陰謀的設計，可惜，可惜。

殷素素自殺之際，在張無忌的耳際講了幾句話：「孩兒，你長大了之後，要提防女人騙你，越是好看的女人，越會騙人。」

這是全書中最不可解之處。

說這話的殷素素，自己就是一個美女，她何嘗騙過張翠山，非但不曾騙過張翠山，且和張翠山一起死。

如果說，這是為了小說的結構反照日後張無忌被朱小姐騙，被周芷若騙，那麼，趙敏不美乎？小昭不美乎？何以她們不騙張無忌？

如果說，這表示金庸對女人的一種觀點，更令人難以入信，金庸絕非這樣拘泥執著的人。在生活中，給女人騙騙，尤其是被「越是好看」的女人騙，那是何等樂事，固所願也，無法請耳！

看來看去，弄不懂殷素素臨死這樣對張無忌說，究竟是為了什麼。而且殷素素在說這幾句話時，匕首已插進胸口了。

只好說看不懂這一點。

《倚天》中有一對歡喜冤家：王難姑和胡青牛。王難姑學用毒，胡青牛學醫病，兩人爭強，王難姑甚至自己服了劇毒，要胡青牛去醫。看到這裡，掩書而嘆：夫妻之道難焉哉！

普天下男人，請同情胡青牛先生。他應該怎麼樣呢？醫好了妻子，妻子更加大怒；醫不好妻子，沒有了妻子。

子曰：唯……

《倚天》中有一段動人的戀愛，男女雙方是楊逍和紀曉芙。楊逍是明教的光明左使，正派心目中的大魔頭。紀曉芙是峨嵋派的弟子。金庸並沒有刻意寫楊逍和紀曉芙相遇的過程，只是以聯想寫到，紀曉芙的武功不及楊逍，被楊逍在半強迫（？）的情形之下失身。但結果是紀曉芙寧死不悔。

這一段描述並無太多的戀情，給讀者以極其豐富的想像餘地：紀曉芙在失身時，究竟有多少強迫成分？她和楊逍在一起時，得到了什麼樣的快樂，才使她將女兒命名為不悔？

也使人想到：紀曉芙的未婚夫，本來是武當派的大俠，她為什麼寧願不後悔和一個魔教中的無行浪子在一起，而不去做殷大俠的夫人？

這一段情節可引人深思的地方極多，也表示了男女之間的愛情，根本是不能以常理來揣度的，是一種根本虛無飄渺、無可捉摸、沒有道理可講的事。

金庸在這段筆墨不多的愛情情節上，其實極其深刻地指出了一點：愛情是純屬當事男女雙方的事，任何其他人，不論以何種理由、何種立場去干涉，結果只會產生悲劇。滅絕師太立場何等嚴正，結果是使紀曉芙死去。所以後來，苦頭陀硬說滅絕師太是他老姘頭，替紀曉芙出了一口怨氣。

楊逍、紀曉芙之戀，和一開始的張翠山、殷素素之戀前後相輝映，和張無忌、趙敏之戀前後相呼應。金庸在《倚天》中，明白表示了一點！他人觀點如何，無足輕重，當事人自己的戀情，才最重要。

這樣的愛情觀，直到如今二十世紀八〇年代，年輕男女接受的較多，種種旁觀者、干涉者還會全然不能接受，繼續在扮演滅絕師太的角色。

《倚天》不但是金庸作品更趨向豐富想像力的一部力作，也是感情上更浪漫的一部力作。

《倚天屠龍記》在金庸作品中，可排在第六位。

天龍八部

《天龍八部》是千百個掀天巨浪，而讀者就浮在汪洋大海的一葉扁舟上，一個巨浪打過來，可以令讀者下沉數十百丈，再一個巨浪掀起，又可以將讀者抬高數十百丈。在看《天龍八部》的時候，全然身不由主，隨著書中的人物、情節而起伏。

金庸的作品，到了《天龍八部》，又是一個新的顛峰。

一個接一個的顛峰，這是金庸創作力無窮無盡的證明，每一部小說，都有不同的風格，都帶給讀者新的感受。到了《天龍八部》，以為以後總不能再有了，但是還有更新的顛峰。

《天龍八部》的想像力，比《倚天屠龍記》又進了一步。更不受拘束，更放得開，浪漫激情更甚，堪稱是世界小說的傑作。

《天龍八部》一開始就釋名：「……八部者，一天，二龍，三夜叉，四乾達婆，五阿修羅，六迦樓羅，七緊那羅，八摩羅迦。」接著又解釋了「八部」每一個的含義。照這樣的篇名看來，金庸像是想寫八個人，來表現這八種神道怪物。

可是，《天龍八部》中，哪八個人是代表這八種神道怪物的？哪一個人代表哪一種，曾經詳細下過功夫去研究，都沒有結論。

誰是夜叉？是「香藥叉」木婉清？木婉清在書中的地位一點也不高，當然不能代表八部之一。段譽是什麼呢？喬峯是什麼呢？

我的結論是，金庸在一開始之際，的確有著寫八個人，來表現八種神道怪物的意願，但是寫作前的計畫、意願是一回事，寫出來的小說是怎樣的，又是另一回事。

聽起來好像很玄，但事實上，每一個從事過小說創作的人，幾乎都有過同一經驗：計畫在創作過程中，往往無法實踐，會中途突然改變，會有新的意念突然產生，會無法控制自己。

金庸寫《天龍八部》之際，一定也出現了這樣的情形。所以結果，才有了這樣一部浩淼如海的小說，已不能在小說中找到某一個人去代表一種什麼意念，而是所有的人交雜在一起，代表了一個總的意念。

這樣的情形，比原來創作計畫來得好，也使《天龍八部》更高深、更浩瀚，大氣磅礴，至於極點。

《天龍八部》在結構上，採取了寫完某一個人之後，再寫另一個人，而又前後交錯，將不同的人聯結起來的一種獨特結構。這種結構，《水滸傳》用過。比《水滸傳》每一段更有可觀之處，整體結構新鮮。《天龍八部》大膽採用同樣結構，而在整體上仍有一氣呵成之妙。若還有人懷疑「古今中外，空前絕後」的八字解語，不必再與之辯論了。

《天龍八部》在一個一個寫主要人物出場的前後銜接上，已到了天衣無縫的地步，小說之中，可以比擬的，也只有宋江忽然一下子踢翻了一個烤火大漢的炭火，而這個大漢就是武松而已。

《天龍八部》中每一個人物都極其出色，其中寫了一個悲劇人物，尤其是驚天動地，這個悲劇人物是大英雄、大豪傑，有力量可以做一切事，卻無法改變他自己的悲劇命運。

意外的遭遇，不是悲劇。

明知會朝這條路去走，結果是悲劇，但仍然非朝這條路去走不可，這才是悲劇。

《天龍八部》中喬峯的故事，是典型的悲劇。

那樣的悲劇，古今中外的小說中並不多見。

《天龍八部》中，金庸將正面人物的另一面，寫得更透徹。普天下敬仰的少林寺方丈，會有私生子。這種寫法，在以後兩部極重要的作品之中，更反覆得到了發揮，而終於在《鹿鼎記》中，建立了「反英雄」的觀念。

「英雄」必須是人，人一定有人的本性，人的本性不會受任何桎梏而改變。

虛竹和尚對神的崇仰，無人會加以懷疑，但是他終於還是做不成和尚，那無關於環境，而是虛竹根本上是一個人！

人的地位在英雄、菩薩的地位之上，就算將之目為神道妖魔，都不能改變人的地位。

論故事之離奇曲折、人物之眾多、歷史背景之廣泛、想像力之豐富，《天龍八部》都在金庸所有其他作品之上。所不明者是金庸何以在「釋名」中保留了「這部小說以『天龍八部』為名，寫的是北宋時雲南大理國的故事」這句話。整部小說，雲南大理國至多只佔了五分之一的地位。由此也可以證明，創作前的意念計畫，和創作過程中的靈感泉湧是兩回事。

用武俠小說中的人物，來隱喻現實生活中的人物，始自《天龍八部》。「星宿派」是在隱喻什麼組織，明眼人一看便知，知了之後，還一定會發出會心微笑。同樣性質的隱喻，在《笑傲江湖》中又出現了一次，如果將創作的年代，和當時在中國大陸上發生的事結合來看，更加有趣之極。

《天龍八部》中出現的武功，有丁春秋的「化功大法」和段譽的「朱蛤神功」，都能吸取他人功力以為己用。在《笑傲江湖》中，這種形式的武功得到發揮，在武功的想像力方面，也是一種突破。

到這裡為止，一直很少提到金庸小說中的各種武功描寫，而且在以後的篇幅中，也不準備詳細提及。雖然武功是武俠小說中不可或缺的一部分，但也是武俠小說中最容易寫的一部分。金庸小說中的武功描述部分，當然精妙絕倫，但比起其他精采部分來，似乎不必專門提出來詳細討論了。

看《天龍八部》，到喬峯率領燕雲十八騎，馬蹄翻金，直驅少林寺，視天下英雄為無物之際，當呼嘯而狂吞烈酒。

看《天龍八部》，至喬峯一掌擊出，發現擊中的是阿朱，而把看阿朱的屍體之際，當號哭而乾苦酒。

看《天龍八部》，到虛竹在冰窖之中，經不起天地間第一誘惑，而與夢姑共赴歡樂之際，宜遙思情人而飲蜜酒。

看《天龍八部》，到小康將段正淳肩頭上的肉咬下一塊來之際，宜會心微笑而飲醇酒。

看《天龍八部》，到梅、蘭、竹、菊四少女大鬥少林寺之際，宜開懷而呷香酒。

看《天龍八部》，到段譽終於蒙王語嫣青睞之際，宜手舞足蹈而浮甜酒。

看《天龍八部》，到少林寺老僧說佛，眾皆拜服，慕容博和蕭遠山雙手相握、互望而笑之際，宜心平氣和而飲淡酒。

看《天龍八部》，到一陣風風波惡種種行徑之際，宜飲劣酒。

看《天龍八部》，到天山童姥和李秋水至死搏鬥，宜飲酸酒。

看《天龍八部》，到喬峯大鬧聚賢莊，為阿朱與群雄捨命相拚之際，可飲辣酒。

看《天龍八部》，至虛竹誤打誤撞解了珍瓏棋局之際，可飲喜酒。

看《天龍八部》，到虛竹、段譽、喬峯三人結義兄弟，聯手抗敵之際，可飲陳酒。

看《天龍八部》，到王夫人設計擒情郎之際，宜飲新酒。

看《天龍八部》，從頭至尾，一氣呵成，廢寢忘食，甚至床頭人相對如同陌路，宜掩卷沉思，以書作酒，可以大醉。

《天龍八部》中的冰蠶，是天下最可愛的蟲。

《天龍八部》中的游坦之，是天下最可憐的人。

阿朱最柔情萬種。

別怪阿紫，她心中有說不出的苦。

趙錢孫心中有說不出的苦。

慕容復心中有說不出的苦。

喬峯心中有說不出的苦。

葉二娘、玄慈心中有說不出的苦。

天山童姥、李秋水心中有說不出的苦。

那麼多人有說不出的苦，可是偏偏全書不苦，苦化為激情，洋溢在全書之中。

《天龍八部》中最快樂的人是李傀儡，已經知道了人生如戲，應該快樂，不知道的，才會悲苦。

《天龍八部》的超絕成就，在於整部書包羅萬有，有各種各樣的人，有各種各樣的武功，有各種各樣的情節，簡直就像是包羅萬有的汪洋大海。

《天龍八部》中的悲劇人物是喬峯。

《天龍八部》中的喜劇人物是段譽。

《天龍八部》中奇遇最多的人是虛竹。

《天龍八部》中失望最多的人是慕容復。

《天龍八部》中最幸運的人是鳩摩智。

《天龍八部》中最不幸的人是風波惡、包不同、鄧百川。

《天龍八部》中最痴情的人是游坦之。

《天龍八部》中最無情的人是玄慈。

《天龍八部》中最濫情的人是段正淳。

《天龍八部》中最專情的人是葉二娘。

《天龍八部》中最誠實的人是南海鱷神。

《天龍八部》中最虛詐的人是耶律洪基。

《天龍八部》是金庸作品中極其特出的一部小說，在武俠小說中的地位，堪稱第一，在金庸作品之中，排位第二。

俠客行

在《天龍八部》之後，金庸寫了《俠客行》。

《天龍八部》之後，在武俠小說的領域之中，大匠如金庸，也有難以為繼之苦了。所以《俠客行》只是在表現幾個新的觀念上有突破，其餘方面，成績平平。

由兩個面貌極度相似的人而引出故事，這種寫法本身就不是一個好的安排，雖然金庸已盡量寫得曲折離奇，而又在結尾故弄玄虛，但仍然未成大器。

《俠客行》中最獨特的一點，是女主角丁璫對待愛情的態度。她明知所愛的人是浮滑浪子，但仍然愛他，而不愛另一個外貌完全一樣的正誠君子。金庸再一次透過女主角在愛情上的選擇，來說明愛情和理智是兩回事。

《俠客行》又寫了一個完全不識字、完全不通世情的人，反而能領略到上乘武功的真諦，而許許多多博學多才之士，反倒鑽進了牛角尖中，走不出來。拙中有大巧這一觀念的形成，是後來《鹿鼎記》成為不是武俠小說的武俠小說的基礎。

至巧不如拙，再蠢笨的人，也自有他的際遇，《俠客行》中表現的哲理至深。《俠客行》的情節，在相似的兩個人上變化，已經可以說盡其所能。但如果讀者看到一半，還不明白兩個相似的人是兄弟，那麼，不適宜看小說，更不適宜看金庸的小說。所以，種種懸疑曲折，都有吃力不討好之感。反倒是張三李四，請人去吃臘八粥，寫得出神入化。

張三李四這一類的「獎善懲惡」行動，和他們的絕頂武功，以及對武林中各門各派各幫各會的情形瞭若指掌的情節，成為濫觴，以後在許多武俠小說中可以看得到。

曾經詢問一對分開了的男女雙方的原因，問女的一方，男的一方不論人品、相貌、職業、學歷，任何人看來全是上上之選，但女的卻棄之如敗履，原因是什麼？回答是：太悶。

寄語天下男人，什麼都可以，就是不能悶。

丁璫沒有法子使自己喜歡石中堅，就是因為石中堅悶。寧願要石中玉，明知石中玉花言巧語，專門騙人，絕不專一，但卻能得丁璫歡心。

俗，不可耐；男人悶，更不可耐。

《俠客行》可以看是《天龍八部》後的小休。正如颶風過境，狂風驟雨之後，風眼來到，必有一番平靜，《俠客行》在金庸作品之中，只能算是一個小品。當其時，忠實讀者多人，相顧失色，以為金庸創作才華已盡，在那時就曾以這個比喻向各同好解釋，如今看來，幸而語中，因為接下來的《笑傲江湖》、《鹿鼎記》，簡直令人神為之奪，氣為之窒！

《俠客行》在金庸的作品之中，排名第十。

笑傲江湖

《天龍八部》之後，武俠小說真正難以為繼了，唯有金庸自己，才能再來突破，而《笑傲江湖》就做到了這一點。《天龍八部》之中，已經有了各種各樣江湖人物的典型，可是卻偏偏沒有令狐冲。令狐冲一出，武俠小說又進入了一個新的境界。

在《神鵰俠侶》中，郭靖、黃蓉所代表的「理」，和楊過所代表的「性」一起衝突，結果是不分勝負，和平收場。但是在《笑傲江湖》中，岳不羣代表的「理」，和令狐冲代表的「性」，在交鋒之下，理潰不成軍，性大獲全勝。

岳不羣被作為「君子」的代表，但事實逐步揭發是偽君子。然而，如果仔細映照岳不羣所說的話和郭靖、黃蓉所說的話，有何不同之處？一點也沒有。不同的是，郭靖、黃蓉說了而做到，岳不羣說了而做不到。但是不妨想深一層，說了而做到，是不是就一定合乎人的本性？是不是就比說了而做不到更高一籌？是不是就可以成為人生的典範？

人始終是人，有人的本性。種種加在人本性上的規範，結果無礙在人性本無面目之前潰敗下來。

「豈能盡如人意，但求無愧我心。」人的本性有醜惡、有善良，善良的一面始終佔上風。善良不是做給人家看，而是要求無愧於自我的良心。

令狐冲儘管一手摟著藍鳳凰，一手揮劍，和天下正派人物為敵，但依然是一個可愛之極的人物，因為他本著自己的天性行事，對於外界的評議，一概置之不理，我行我素，他為自己活著，不為他人的評議而活。

《笑傲江湖》中有「朝陽神教」（日月神教），地位和《倚天屠龍記》中的「明教」相若。令狐冲和任盈盈相戀，情形和張翠山與殷素素相戀也相若。「魔教妖女」在《倚天屠龍記》中令張翠山身敗名裂，飲恨自盡，但是在《笑傲江湖》中，卻「千秋萬載，永為夫婦」。

魔教妖女大獲全勝，江湖道統大敗虧輸，這是《笑傲江湖》的主旨。

《笑傲江湖》中對朝陽神教的大段描寫，驚心動魄，至於極點。其中小人物假扮教主，教務交由新貴處理，舊人紛紛被誅的大段描寫，結合創作年代中國大陸上發生的事來看，皮裡陽秋之至，寫的是什麼，明眼人一看就知，比起《天龍八部》中的星宿派，又進一層。同樣的寫法，到了《鹿鼎記》中的神龍教，又更進一層。金庸對於一脈相承，由一個人（家長）掌握一切的組織，不論大小、可能發生一切惡果，了解得極其透徹，才能反映在他的小說之中。

武俠小說中，很少有有關同性戀的描述，《笑傲江湖》中赫然有。朝陽神教的教主東方不敗，「欲練神功，引刀自宮」之後，就變成了人妖，這一大段真是特異莫名，驚心動魄，而看來又絕不噁心，只覺得天下之事，無奇不有，真是神來之筆。

《笑傲江湖》中寫了權力令人腐化的過程。任我行對屬下，本來是兄弟相稱，可是在聽到了「千秋萬載一統江湖」之後，在受到了教眾的拜見之後，想要阻止，一轉念間，覺得高高在上，也沒有什麼不好。先是覺得沒有什麼不好，繼而覺得簡直好得很，再繼而覺得非此不可，這就是權力使人腐化的過程。這種過程的深刻描寫，可以作為民主政治第一課的教科書。

任我行最後在仙人掌峰的頂上直摔了下來，自此與世長辭，象徵了一個在權力頂峰的人摔下來之後的下場，很有諷世意味。

《笑傲江湖》一開始，就是魔教長老曲洋和劉正風的友誼，兩人琴簫合奏一闋「笑傲江湖」。正、邪之間的分野究竟如何，是根據世俗的人云亦云來分野，還是根據幾個人的意願來分野，還是照自己的判斷來分野。正是什麼？邪是什麼？從一開始，就提出了一連串發人深省的問題，而這些問題，在全書中又各有了答案，這是《笑傲江湖》最不同凡響之處。

令狐冲坐著和田伯光對快刀一段，看得人大汗淋漓。

桃谷六仙搗亂武林大會一段，看得令人大笑腹痛。
藍鳳凰獻五仙酒一段，看得人不飯竟日。
田伯光被不戒和尚懲戒一段，看得人忍俊不住。
東方不敗關注楊蓮亭一段，看得人毛髮悚然。
梅莊戲弄四個莊主一段，看得人呼吸暢順。
天王老子（向問天）獨戰群豪，令狐冲仗義相助一段，看得人熱血沸騰。
武當掌門率領兩大高手和令狐冲比劍一段，看得人呼叫擊桌。
為任盈盈而率領三教九流人物，呼嘯上少林寺一段，看得人恨不能參與其事。
看青城掌門余滄海窮途末路，面臨死亡一段，令人不寒而慄。
看大力神持斧在山洞中開路，到最後一斧力竭而亡一段，令人扼腕三嘆。
看岳不羣深謀遠慮一段，令人知人心奸詐。
看小林子自宮練功一段，令人知世途艱險。
《笑傲江湖》沒有任何歷史背景，純敘江湖上事。金庸特意捨棄了他最擅長的歷史和虛構相揉和的創作方法，表現了他創作上多方面的才能。在一連串的曲折、奸謀之中，逐漸暴露偽君子的面目，解決了正、邪的真正意義，這是一部寫盡人性的小說。

《笑傲江湖》在金庸小說之中，排名第三。

鹿鼎記

《笑傲江湖》之後，金庸創作了《鹿鼎記》。

《鹿鼎記》是金庸最後一部小說。

在《鹿鼎記》之後，飲宴閒談之間，常有熟稔或陌生的人問金庸：「你為什麼不寫了？」

在金庸未及回答之前，總不厭冒昧，搶著回答：「因為他寫不出來了！」如是數十次之後，金庸也感嘆：「真的寫不出來了！」

任何事物，皆有一個盡頭，理論上來說，甚至宇宙也有盡頭。小說創作也不能例外，到了盡頭，再想前進，實在非不為也，是不能也。再寫出來，還是在盡頭邊緣徘徊，何如不寫？

所以，金庸在《鹿鼎記》之後，就停止了武俠小說的創作，大抵以後也不會再寫了。

所以，《鹿鼎記》可以視為金庸創作的最高峰、最頂點。

先引一段金庸小說中的話，見於《神鵰俠侶》。楊過在獨孤求敗的故居之中，所發現的留言：

凌厲剛猛，無堅不摧，弱冠前以之與河朔羣雄爭鋒。

紫薇軟劍，三十歲前所用。

重劍無鋒，大巧不工。四十歲前恃之橫行天下。

四十歲後，不滯於物，草木竹石均可為劍。自此精修，漸進於無劍勝有劍之境。

獨孤求敗的留言，寫的是武功漸進之道，也是小說創作上的漸進之道。

金庸以前的作品，是凌厲剛猛之劍，是軟劍，是重劍，是草木竹石皆可為劍，雖然已足以橫行天下。但到了《鹿鼎記》，才真正到達無劍勝有劍的境地。

只要有劍，就一定有招，就一定有破綻。金庸在《笑傲江湖》中已一再強調這一點。說的雖然是武學上的道理，但也是任何藝術創作上的道理。這番道理，是「獨孤九式」中的要旨。（又是「獨孤」，金庸在小說創作上沒有敵手，想來心裡很寂寞，沒有了「敵強我越強」的刺激，如果有，在《鹿鼎記》之後，可以有另一個高峰出現？）

《鹿鼎記》已經完全是「無劍勝有劍」的境地。

《鹿鼎記》甚至不是武俠小說，不是武俠小說的武俠小說，才是武俠小說的最高境界。

所有武俠小說，全寫英雄，但《鹿鼎記》的主角，不是英雄，只是一個有血有肉的人，和你我一樣，和普天下人一樣。

所有武俠小說的主角，都是武功超群，都有一個從武功低微到武功高超的過程，但是《鹿鼎記》的主角都一直不會武功。

金庸在創作《鹿鼎記》之初，可能還未曾準備這樣寫，韋小寶遇到不少高手，有不少際遇，只要筆鋒略為一轉，就可以使韋小寶成為武林高手。但金庸終於進入了「無劍勝有劍」的境界，韋小寶只學會了一門逃命功夫，一直不會武功，創了自有武俠小說以來未有之奇。

所有武俠小說的主角，都是超人，可以用各種道德規範來衡量，只有《鹿鼎記》的主角不是，是一個普通人，經不起道德標準的秤衡。但是誰也不能責怪他。誰要責怪他，請先用道德規範秤衡自己。耶穌基督曾說：「你們中間誰是沒有罪的，誰就可以先拿石頭打她！」

《鹿鼎記》中，金庸將虛構和歷史人物混為一體，歷史在金庸的筆下，要圓就圓，要方就方，隨心所欲，無不如意。可以一本正經敘述史實，也可以隨便開歷史玩笑。可以史實俱在，不容置辯；也可以子虛烏有，純屬遊戲。

《鹿鼎記》寫一個一無所長的人，因緣附會，一直向上攀升的過程。但仔細看下來，這個人又絕不是一無所長，而是全身皆是本領。他的本領，人人皆有，與生俱來，只不過有的人不敢做、不屑做、不會做、不能做，而韋小寶都做了，無所顧忌，不以為錯，所以他成功了。

從撒石灰迷人眼，遭茅十八痛打開始，韋小寶沒有認過錯，他堅決照他自己認為該做的去做。

這是金庸在《鹿鼎記》中表現的新觀念，突破了一切清規戒律，將人性徹底解放，個體得到了肯定。甚至在男女關係的觀念上，也釋放得徹底之極，韋小寶一共娶了七個妻子之多。

反英雄、反傳統、反規範、反束縛，《鹿鼎記》可以說是一部「反書」。宣人性、宣自我、宣獨立、宣快樂，《鹿鼎記》又不折不扣是一部「正書」。「神龍教」是「星宿派」的進一步，是「朝陽神教」的進一步。影子是中國大陸的政局，隱喻文學到這一地步，已是登峰造極。

《鹿鼎記》開盡了歷史的玩笑，但絕不胡鬧。康熙大帝在《鹿鼎記》中突出了這個中國歷史上三個最英明的君主之一（柏楊《中國人史綱》中的結論），在書中可見他的英明之處。康熙在書中，是一個上上人物。

韋小寶什麼事都幹，唯獨出賣朋友不幹。但結果，他不免被朋友出賣，真是調侃世情之極。

若說《鹿鼎記》不是武俠小說，它又是武俠小說，從洪教主所創的「美人三招」，就開武俠小說中未有之奇。

《鹿鼎記》中的敗筆是刀槍不入的背心和削鐵如泥的匕首，但又少它不得。

《鹿鼎記》中有各種各樣的賭，參賭者有輸有贏。

美刀王下的賭注是他的一生，賭的是莫名其妙的戀情，是勝是負，竟不可知。

吳六奇輸得最不明不白。

吳三桂在長期苦戰後輸個精光。

康熙做莊，結果各家皆輸，莊家獨贏。

陳永華跟人下注，贏了輸不到他，注定要輸。

洪教主專落一門，結果連老婆都輸掉。

韋小寶做幫莊，又見好收性，自然也是大贏家。

阿珂、雙兒、洪夫人、曾柔、小郡主替幫莊收籌碼，吃紅錢，自然也各有所獲。

吳應熊輸得最慘。

馮錫範不肯認輸，死磨到底，輸得最不堪。

茅十八一上來就輸完。

俄國人想出詐術，結果幸保首領而歸，未曾輸清。

陳圓圓只在一旁觀賭。

九難也在旁觀賭，她已無可落注，早已輸光。

桑結喇嘛輸了手指。

俄國蘇菲亞公主是贏家，贏了人，贏了權力。

李自成賭品最差。

韋小寶的賭品最好。

康熙賭品最大方。

說《鹿鼎記》不是武俠小說，但卻又是武俠小說。試看洪教主創「美人三招」的詳細描述，有哪一部武俠小說有這樣好的有關「武」的描寫？所以，《鹿鼎記》是不是武俠小說的武俠小說，是武俠小說臻於化境之作，是武俠小說中的極品。

《鹿鼎記》是古今中外第一好小說，在金庸作品中，排名第一。

第三章

人物榜

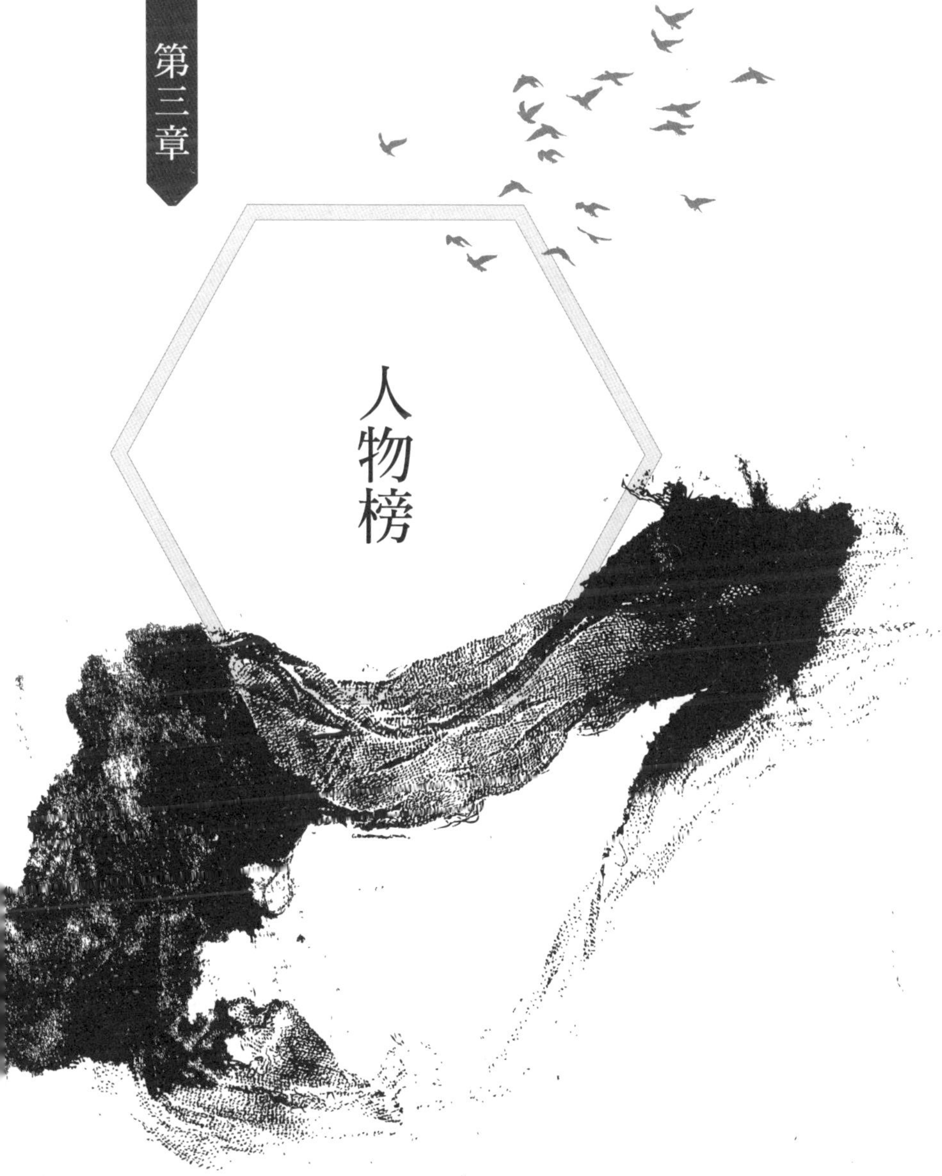

6

說明

會看的看門道，不會看的看熱鬧。

會看小說的人，看小說中的人物；不會看的，看小說的故事情節。

小說中的人物寫得好了，小說自然好。不然，不論用多麼離奇曲折的情節去堆砌，始終只是一個故事，不是一部小說，更不會成為一部好小說。

金庸小說之成功，寫人物成功是一大因素。

金庸小說中的人物，有的其地位已經和民間傳說，或古典小說中的人物地位相埒。像豬八戒、孫悟空、梁山伯、祝英台一樣，深入民間，成為廣大讀者喜愛的人物。

香港本島附近有一個離島，叫長洲。在長洲，每年都有一次盛大的太平清醮會景巡遊。在這個會景巡遊之中，特色之一是「飄色」。

所謂「飄色」，就是十歲以下的小童，扮成各種各樣的古代人物，站在僅可容足的立點上，由人舉著巡行。其情形和南美洲一帶的「嘉年華會」差不多。有一年，「飄色」之中，就赫然有黃蓉、郭靖。

黃蓉、郭靖是《射鵰英雄傳》中的人物。金庸小說中的人物，受歡迎和深入民間的程度，於此可見一斑。

由於幾乎任何人都看金庸的小說——至少在我所交往的人之中，就鮮有未看過金庸的小說者——所以，金庸小說中有些人物的名字，甚至成為形容詞，成為一種專門的、這類性格、這類人物典型的形容詞，而一說出來，人人皆能了解所指是什麼，這種情形，在友儕之中談話屢見。例如說：「某某人像段正淳一樣！」大家立刻就可以知道這是什麼意思了。

金庸小說中的人物，恐怕超過一千個，自然不可能每一個皆提出來評議一番，只能擇其要而發議論。

這一部分之中對人物的評議，以各部小說來分隔，有的人物是「跨部」的，當然不可能分得那麼清楚。

對人物評價的標準，請參看凡例。

7 評價

陳家洛

陳家洛是紅花會的總舵主，統率紅花會群雄，與清廷對抗，謀恢復漢人河山。這樣的重任落在陳家洛的身上，真不知是幸還是不幸。「幸與不幸」是指滿清繼續統治好呢，還是漢人再去統治好？歷史上也很難下定論，清朝開始時的幾個皇帝，至少全比明朝皇帝好。

陳家洛性格模糊，甚至有不知所云之處。紅花會有一個極好的機會——俘虜了乾隆，囚在杭州六和塔中。陳家洛是如何利用這一機會的呢？他用盡心機，勸乾隆做漢人皇帝。

要拿一種權位去引誘一個人，必須這個人的原來權位比你出的條件要低才行，這是最簡單的道理，可憐陳家洛連這個道理都不懂，要勸誘一個皇帝去做皇帝。乾隆本來就是皇帝，何必脫了褲子放屁，多此一舉？所以，陳家洛甚至當政客也不成功。

陳家洛的私人生活，也莫名其妙，不愛翠羽黃衫霍青桐，而去愛香香公主。香香公主天真純情，但那和白痴也不過相隔一線。而且，陳家洛的愛情也不夠堅貞，為了不得罪乾隆，他就只好任由香香公主在宮中，這顯得他以後去哭墳，也有點假惺惺。陳家洛是知識份子的典型，性情拖泥帶水，心中常存有莫名其妙的觀念，如「犧牲小我，完成大我」之類，以致將香香公主去討好乾隆，實在不敢恭維。

陳家洛，只是中下人物。

無塵道長

無塵道長只有一條手臂，他的一條手臂，是受了「一位千金小姐的欺騙」而失去的，過程如何不得而知，頗引人想像，令人關注。無塵道長本來上不了人物榜，但是在《飛狐外傳》中，他曾和小胡斐對了一次刀，所以可以名列人物榜上。

文泰來、駱冰和余魚同

奔雷手文泰來氣派極大，是江湖豪俠，可惜在《書劍》中未曾充分發揮，有點欲吐未盡之感，但也已鋒芒畢露，是中上人物。

鴛鴦刀駱冰是中上人物，駱小姐愛笑，害得金笛書生為她害相思病，余魚同感情不能遏制，曾偷吻駱小姐，真情如此，無可奈何，不能非議，也是中上人物。

常赫志、常伯志

黑白無常，是上上人物，出場極少，但令人生畏、起敬，《飛狐外傳》中救倪不大、倪不小，倏來倏往，如鬼似魅，技壓群雄，聲威無限。

霍青桐

外表堅強，內心軟弱的「女強人」，這一類女人，最是可憐，也最需要愛情。

偏偏她鍾情的對象是陳家洛，眼光之差，無以復加，只好算是中下人物。

徐天宏和周綺

鬼頭鬼腦的所謂「武諸葛」，只是中下人物，他竟能獲得俏李逵的愛情，堪稱奇事。「俏」和「李逵」加在一起，唯周姑娘能得之，夫婦性格不同，以此為最，周姑娘是中上人物。

張召重

最沒有氣派的反派人物，本來不值一提，但卻是《書劍恩仇錄》中的唯一大反派，只好略提，自然是下下人物。

袁承志和溫青青

袁承志比陳家洛更差勁，竟有不知他在《碧血劍》中有何作用之感，儘管武功日高，但行事仍有點獸頭獸腦。可以忍受溫青青這樣的女人，真不知去到荒島之後怎麼過日子，十分值得同情。溫青青這樣的女人，見到了若不轉頭使逃，一定大難臨頭。兩人全是中下人物。

金蛇郎君和溫儀

金蛇郎君特異獨行，不受世俗禮儀所束，任人誹謗，不加理會，本來是上上人物，和溫儀相戀後，出入溫家，伏下禍根，若一早攜了所愛遠走高飛，何至於此？所以只好是上中人物。溫儀婉柔綽約，能忍人所不能忍，能愛人所不敢愛，女性之中有這種性格，自然是上上人物。

何鐵手

何鐵手只好是中上人物，最大的毛病是給袁承志改了一個「惕守」之名，居然欣然接受，弄得好好一個人不倫不類，等級上自然差了許多。

胡斐

胡斐在《雪山飛狐》和《飛狐外傳》中，都是主要人物，但始終未能給人以酣暢淋漓之感。金庸給了他「雪山飛狐」的外號，一再強調他行事「神出鬼沒」，但未見有什麼具體例子。在《雪山飛狐》中遲遲不露面，也沒有什麼神秘感。在《飛狐外傳》中，開始只是一個跟來跟去、看福康安和馬春花糾纏的小孩子，後來為了一個不認識的鄉下人，倒頗表現了一點氣概。可是和袁承志犯了同一毛病，喜歡了袁紫衣。袁大姑娘可愛在何處，真是一點也看不出來。

胡斐是一個被浪費了的人物，豪情勝慨，只在隱約之中顯露，始終未能完整發揮，只好是中上人物。

胡一刀和胡夫人

胡一刀豪邁絕倫，或許是胡一刀太出色了，所以胡斐不能像他的父親，又難擬別的性格，只好遜色。胡一刀的豪情，鮮有比擬，單是一個「豪」字，已足以使得他成為上上人物。

胡一刀和苗人鳳生死相拚，而又惺惺相惜，真能傳頌千古，只可惜最後中了小人奸計，死得不明不白。

胡夫人在丈夫死後，將遺孤託給苗人鳳，臨自殺時說：「我這就少受二十年苦了。」對人生看得如此透徹，是上上人物。

苗人鳳

「打遍天下無敵手」苗人鳳在《雪山飛狐》、《飛狐外傳》中都是主要人物。他和胡一刀肝膽相照，是條漢子。可是胡夫人託孤之後，以金面佛苗人鳳之能，竟任由胡斐流落江湖，實在有負所託。胡斐的「死」疑點甚多，當年苗人鳳能以「打遍天下無敵手」的招牌，引胡一刀入關，何以竟未曾為尋找胡斐而做點事情？

苗人鳳的妻子是個富家小姐，夫妻匹配，可以看出兩方面的性情，苗人鳳娶了這樣一個妻子，是致命缺點，他妻子終於不愛他而跟了田歸農，是因為他「悶」，田歸農何等討女人歡喜，注定非走不可。只好算是中上人物。

苗若蘭

苗若蘭是苗人鳳的女兒，文雅得有奇趣，不會武功，《雪山飛狐》若不是突然中斷，對這個「吹一口氣怕吹化了她」的苗大小姐，應該有更多的描寫，或許可能和胡斐有感情上的糾纏。但儘管出場不多，苗若蘭是上上人物。

袁紫衣和程靈素

袁紫衣是最莫名其妙的人物，不但愛使小性，絕不像身在佛門中的人，更莫名其妙的是她對鳳天南的感情。鳳天南強姦了她的母親而生下她，絕未盡過一天撫育的責任，袁紫衣在闖蕩江湖之際，居然處處迴護鳳天南，可稱怪不可言。

袁紫衣對胡斐的感情也絕不真實。胡斐不知道她的身分，可以愛她，但是她自己對自己的身分清楚得很，明知感情無法發展下去，卻要不斷去招惹胡斐，害人害己，兩造皆失，殊不可原諒，只是中下人物。

程靈素是上上人物，瘦小纖弱，而處身於如此惡劣的環境之中，令人只覺得她能幹，對付任何惡劣的環境，鎮定如恆。由於出身毒手藥王門下，她的性情有點古怪，但古怪得可以接受。她柔順地接受了胡斐的安排：「兄妹相稱」，儘管心中悲苦，卻從來也不發怨言，默默忍受著，還處處維護胡斐，金庸筆下女主角，程靈素在可愛程度上，可排在五名之內。她連出言略傷胡斐之心都不肯。胡斐化裝之後，留了大鬍子，自覺威武。程靈素想說：「只怕你心上人未必答應。」但話到口邊，終於忍住。有情人，宜為程靈素同聲一哭。

胡斐後來終於留了大鬍子，不知道是不是心中在記掛著和這個二妹在一起的那段日子？若不是程靈素，胡斐早已經死了，程靈素捨命救胡斐，是金庸小說中最淒苦的情節之一，尤在喬峯打死阿朱之上，因為那是意外，而程靈素是明知必死而為之的。

胡斐不是不知道程靈素為什麼要死，他就曾想過：「那麼她今日寧可一死，是不是為此呢？」

胡斐想到這一點時，曾經內疚，但也想過就算了。所以胡斐始終只是中上人物。

郭靖

郭靖是金庸小說中最出名的人物，這個四歲才會說話的蠢小子，濃眉大眼，就憑他的傻勁，不但練成了一身卓絕的武功，而且還和古靈精怪至於極點的黃蓉一見鍾情，金庸刻意安排，簡直已到了極點。

郭靖的一生，是毫無缺點的，極度完美。他對父母孝，對國家忠，對愛情貞，對朋友義，對子女愛，連楊康這樣的壞蛋死了，他也耿耿於懷，將楊康的兒子賜名「過」，字「改之」，希望楊過和他一樣。郭靖是大俠，不但在江湖上稱俠，而且為國為民，俠之大者，萬民稱頌。郭靖對敵時，雖死不屈，一生之中，未曾玩過半點花樣，說過半句假話，行過半點詭詐。

郭靖不但維護江湖法統，而且也維護社會法統。楊過和小龍女要結為夫妻時，郭靖就差一點動手，要將楊、龍兩人打死，因為楊、龍兩人的行為，觸犯了他的完美。

郭靖是一個完人，但是太完美了，變成了一個偽人。

因為世上不可能有這樣的一個完人，那是金庸塑造出來的一個偽人。

郭靖當然是金庸小說中極其重要的一個人物，但卻不予評級，套一句慣用語：「無可置評。」

黃蓉

黃蓉和郭靖一樣，也是完人，不過完人的方式不同，一個笨，一個聰明。黃蓉的聰明機智，也被安排盡了。這樣的女人，也唯有郭靖這樣的笨人，可以終生相對，別的男人不妨掩卷想想，誰能受得了？

黃蓉行詐、說謊，但全是為了好的目的而做這種壞行為，所以值得原諒。不過黃蓉不是偽人，是實實在在、聰明得過了頭的一個女人。黃蓉在金庸的筆下，分成兩個階段，在《射鵰英雄傳》中，黃蓉在有些地方相當可愛，至少，她在被江南七怪當作「小妖女」的時候，是很可愛的。自然，她在傻姑面前，也要擺出姑姑的款來，就一點不可愛。黃蓉在《射鵰英雄傳》中，能無往而不利，她父親是黃藥師，是原因之一。黃蓉在《神鵰》中，已是中年婦女，護短、猜忌、自作聰明，連一點可愛之處都找不到了。

黃蓉只是中中人物。

東邪西毒南帝北丐

東邪黃藥師是上中人物，灑脫不羈，把普天下人都當作腳底下泥，他不喜歡傻小子郭靖，是情理中事（黃蓉喜歡郭靖，屬於情理之外，只好認命）。本來，黃藥師可算是絕頂人物，但是他遷怒，銅屍鐵屍偷了九陰真經，與其他弟子何關？何況真的如此超絕，又何必如此重視九陰真經？難道無所不能的黃老邪，就非靠九陰真經不可？自己不會去創出比九陰真經更高的武功來？至於要在愛妻墳前，焚化九陰真經，那是執著的做作，不是至情至性的表現，所以連上上人物都不是，只是上中人物。

西毒歐陽鋒是上上人物。歐陽鋒號稱「西毒」，真的夠毒，而且是擺明了的毒。洪七公手下留情而他反下殺手，那是洪七公自己招尤，與擺明是毒的人無涉。真小人本可提防，對真小人仁慈，閣下宜應自理。所以歐陽鋒雖然壞事做盡，仍不失一代大宗師身分，是上上人物。

南帝段智興只是中上人物，為了一個妃子，糾纏不清，不論他的外貌多慈祥敦厚，皆難以遮掩其內心的庸俗。後來他渡裘千仞，簡直是硬來，與佛法更沒有絲毫牽連，十分可笑。

北丐洪七公是上上人物，九指神丐為了貪吃誤事，自斷手指，但貪吃的習性仍然不改，耿直可愛，不做作，不曲意，是真正的豪俠。

周伯通和全真教

周伯通大抵是一般讀者心目中最可愛的人物，這個人，到了九十多歲，還要養蜜蜂。不通世務，天真得像兒童一樣，所以外號人稱「老頑童」。

然而，天真如兒童，絕非一個人的優點，一個人如果到身體長大之後，智力、興趣還停留在兒童階段，通常稱這種情形是一種病態，這種病有一個十分普通的名稱：白痴。

周伯通的情形，雖然不至於是白痴，但絕非正常。而且兒童是沒有是非觀念的，人是在逐漸的成長過程中，形成種種觀念。老是停留在兒童階段，那算什麼？

還好，周伯通雖然號稱「頑童」，但不是真的頑童。周伯通和瑛姑之間的糾纏，事情發生之後絕不負責，一味逃避，那是典型心智不成熟的弱能表現。

周伯通只好算是中中人物。

全真教全體，連王重陽在內，更在周伯通之下。

楊過和小龍女

楊過，字改之。名字是郭靖所取，因為楊過的父親楊康認賊作父，賣國求榮，不是好人。

楊過自「……左手提著一隻公鷄，口中唱著俚曲，跳跳躍躍的過來……臉上賊忒嘻嘻，說話油腔滑調」出場以來，一直是楊過，沒有改什麼。

當然楊過有改變，他的改變，是為了對付加在他身上的種種壓力，在一次又一次的反抗過程中，他變得更成熟，反抗的決心也更強。

楊過的一生，是對抗壓力的一生。

楊過在出現之前生活如何，不得而知，但是看他住在窯洞時，日子自然不會好到哪裡去，他手裡提的那隻鷄，多半是偷來的。作為一個孤兒，和生活的壓力對抗，已足以養成他日後對抗其他壓力的本能。

楊過在被郭靖收留之後，日子不會比自己住窯洞更好。武氏兄弟和郭芙欺負他，黃蓉歧視他，人家習武，他要學子曰詩云。郭靖的性格和楊過根本格格不入，而且一副要楊過做聖人的期望，使得楊過幾乎無時無刻都要反抗，才能生存下去。

楊過在這時候，雖然遇到過歐陽鋒，教他「蛤蟆功」，但歐陽鋒是一個失心瘋，楊過在他那裡，絕對得不到什麼感情上的慰藉。

接下來，楊過到了全真教之中，遭遇更是苦不堪言，受盡了欺負，終於逼得楊過從心理上的反抗，到行動上的反抗，出手傷了鹿清篤。

楊過在全真教中的那段日子，是他一生中極慘痛的日子，一個生性高傲的少年，處身於一群不知所云的道士之中，受到歧視，其慘痛可知。所以後來楊過有了揚眉吐氣的機會，孫不二想借劍給他用，楊過連看也不看，便自拒絕。多少年以前的一口氣，到今日才得以吐出來。楊過可以借這個機會和全真教修好，但稍有個性的人，必不肖為，寧願得罪到底，而楊過正是天下第一有個性之人！何況其中還有孫婆婆的恩怨。

楊過一生之中，直到見到了孫婆婆，才知道什麼叫著人類的溫情，而孫婆婆偏又死在郝大通之手，這對楊過來說，是一個極大的打擊。

孫婆婆是一個極度熱心的人，小龍女是極度冰冷的人，但是楊過在她們處得到了溫暖。孫婆婆死後，楊過心目中只有小龍女一人，在感情的發展上，完全可以理解。

楊過日後在神鵰處得到了溫暖，在郭襄處又得到了溫暖，終其一生，和小龍女是分不開的。小龍女的恬淡和楊過的激烈，恰成對比，小龍女的不通世務和楊過的洞察世情，也成對比。正因為兩人性格上有這樣大的距離，所以當兩人攜手對抗社會壓迫努力之際，也格外驚心動魄，精采紛呈。

楊過和小龍女的名分是師徒，但他們硬是非結成夫妻不可。在楊過的心中是這樣想：你們不讓我這樣做，我偏要這樣做。在小龍女的心中是這樣想：這又沒有什麼不對，為什麼不能這樣做？

兩人要做一件事的目的相同，但是想法各異。小龍女只是迷惑，楊過卻是有意識的反抗，但卻又配合無間，終於使得各色人等，全敗下陣來。

小龍女幾乎不食人間煙火，但是她和香香公主截然不同。在未曾遇見楊過之前，她已經不動心，絕不是「天真純情」，她另有自己在古墓生活的一套觀念。小龍女的這種形象，是接近神仙境界，而不是接近白痴。這其間的分別十分微妙，所差也不過一線而已。

小龍女是金庸筆下女角中最出色的一個，所遺憾者，是她在投崖十六年後再度出現，再度出現後的小龍女，大是遜色。

小龍女本來應該是絕頂人物，但由於末段遜色，所以只好是上上人物。

楊過，是絕頂人物。

李莫愁

李莫愁這個人物的地位十分特殊，「問情是何物」的主題曲，一直由她在唱，她卻心狠手辣，殺人不眨眼，但是對著初出世的郭襄，卻又不忍下手殺害。縱觀李莫愁的行徑，實在使人同情，只好說她的心裡，有說不出來的苦楚。

李莫愁是中中人物。

郭芙和郭襄

郭芙是下下人物。

郭襄是上上人物。

金輪法王

不知道為什麼，金庸明明白白寫出金輪法王是「一個身材高瘦的藏僧」，但是在感覺上，卻一直模擬金輪法王是一個身形粗壯高大的和尚，或許是由於金庸將他寫得太具威勢之故。

不過金輪法王雖是《神鵰俠侶》中的第一反派，武功被渲染得極高，但似乎自出手以來，一直未曾怎麼順利過，總是落下風，仗以橫行的五個飛輪，也失去了好幾次。而儘管如此，威勢猶在，真不簡單。

金輪法王性格不明，行事也不慎，只是作為第一反派身分而存在，不算是金庸筆下的好角色，只好算是中中人物。

霍都

從公子哥兒型的王子，到隱名埋姓、在丐幫混了十餘年的何師我，霍都這個人真不簡單，但是實在笨得連道理都沒有。他在最後關頭，跳出來爭丐幫幫主之位，就算真面目不被戳穿、由他當了幫主，他難道一輩子化裝下去？而且當時丐幫的形勢，以霍都之精靈，真會體察不出這個幫主不當也罷？當時的太上幫主是黃蓉，一旁還有郭靖，霍都就算當了幫主，又有什麼作用？這個人之愚蠢，天下罕見，是下下人物。

太岳四俠

《鴛鴦刀》後篇中，有太岳四俠：煙霞神龍逍遙子、雙掌開彈常去風、流星趕月夜劍影，以及「八步趕蟾、賽專諸、踏雪無痕、獨腳水上飛、雙刺蓋七省」蓋一鳴。這是四個武功平常、渾充大俠、自得其樂的小人物。這四個小人物極可愛，他們無力當真正的大俠，並不是他們不想當，而是力有未逮，無法當。如果四個人武功精進，倒全是不折不扣的大俠，而且還趣味盎然，不是普通的大俠。

這四個人全是中上人物。

丁典和凌霜華

金庸筆下，有許多「情是何物，直教生死相許」的描述，也寫了各種各樣遭遇的情侶，但論到令人看了心情沉鬱，幾乎連氣都喘不過來的，當提丁典和凌霜華這一對。男女之情，竟可以這樣淒苦，純真的愛情，竟可以在奸謀之下，變得這樣醜惡！

凌霜華以一個官小姐之尊，喜歡了江湖流浪漢丁典，這本來是一個相當普通的情節，但是接下來事態的發展，卻使得這段愛情，演變得如此驚心動魄。丁典痴，凌霜華更痴，兩個痴情人，演出了一段天地為之變色的痴情故事，令人掩書之後，怏怏不樂，莫此為甚。

丁典和凌霜華，全是上上人物。

張翠山和殷素素

張翠山和殷素素能成為夫婦，完全是環境所逼，要是沒有金毛獅王謝遜，儘管殷素素這個魔教妖女一往情深，張翠山是不是有勇氣要殷素素，真還是疑問。在脅迫兩人同赴大海之際，謝遜說：「……你兩位郎才女貌，情投意合，便在島上成了夫妻，生兒育女，豈不美哉？」聽了謝遜這番話後，張翠山的反應是：「大怒，拍桌喝道：『你快別胡說八道！』」而殷素素的反應是：「含羞低頭，暈紅雙頰」。這兩個人的當時心態如何，實在是活龍活現。

後來到了冰火島上，除了他們之外，只有謝遜。張翠山的心理上，沒有了「名門正派」的壓力，而且也根本沒有想到有朝一日還能回到中原，這才「想不到她對自己的愛意竟是如是之深」，而和殷素素結為夫婦。

結果，回到中原，殷素素當年所做的事，完全可以解釋，張翠山也和殷素素有了十年夫婦之情，張翠山卻不聽解釋，而「全身發抖，目光中如要噴出火來」，接著就仗劍自刎，累得殷素素非跟著他自殺不可。

張翠山是一個極度自我中心的男人，這種男人，只能在荒島中跟他過日子，殷素素所遇非人，可惜，可惜。

張翠山只是中下人物。

殷素素是上中人物。

張三丰

張三丰說：「那有甚麼干係？只要媳婦兒人品不錯，也就是了，便算她人品不好，到得咱們山上，難道不能潛移默化於她麼？天鷹教又怎樣了？翠山，為人第一不可胸襟太窄，千萬別自居名門正派，把旁人都瞧得小了。這正邪兩字，原本難分。正派弟子若是心術不正，便是邪徒，邪派中人只要一心向善，便是正人君子。」

張三丰這一番話，值得深思。想深一層，張真人還是不免執著：「難道不能潛移默化於她麼？」如果真的不能潛移默化，也不能證明武當派一定對，天鷹教一定錯！

說這一番話，張三丰是上上人物。

四大法王

「明教」的四大法王，是《倚天屠龍記》中極出色的人物。

金毛獅王謝遜的地位最重要。金庸在創造這個人物之際，一定曾受了傑克·倫敦所著《海狼》的影響，甚至名字在下意識中也發音相近，航海的一段，更加近似。不過，影響也不算嚴重。金庸寫了謝遜，將一個文才武學俱臻絕頂，但是一生際遇坎坷的人寫得活了。謝遜的文才武學，對他的命運並沒有幫助，他受欺、發洩，全是靠人的本能在掙扎，他的才學，並沒有給他多大的幫助。這樣的一個英雄人物，而遭遇如此之壞，真叫人擊節三嘆，感嘆命運的無可如何。看到最後，謝遜默默忍受各人的侮辱，真叫人全身發抖，最後皈依佛門，是他最好的歸宿了，可憐的英雄一生！

謝遜是上上人物。

白眉鷹王殷天正是上上人物，薑老而彌辣，白眉鷹王當之無愧。明教留不住，便自創白眉教，光明磊落，來去自如。六大門派圍攻光明頂，最後只剩下殷大正一人力抗群眾，鷹爪手抓住了武當七俠莫聲谷，立時鬆手放人，這是何等氣概。

四大法王中論氣概之豪，捨白眉鷹王之外，不做第二人想。

青翼蝠王韋一笑寫得詭異絕倫，來去如煙，如鬼似魅，若不是他在英雄大會之中，向曾被他侮辱過的死者叩頭自責，胸襟光明，勇於認錯的話，只好算是中上人物，但他有此一舉，可以列入上中人物。

紫衫龍王黛綺絲是武俠小說中的一大奇，波斯美人來到中原，在水中動武震懾群雄，又和明教的敵人成婚，傳奇性之濃，無以復加。不過後來長期掩遮花容月貌，又驅使自己女兒去做鬼頭鬼腦的事，波斯化外之人，畢竟有不可理喻之處，只好算是中中人物。

光明左右使

逍遙二仙：楊逍、范遙。

楊逍是明教的光明左使，他對教務上有何貢獻，倒不甚了了，但是卻曾和峨嵋派女俠紀曉芙有一段糾纏不清的感情。一開始事情是怎麼發生的，金庸並沒有明寫，只是暗示楊逍用的手段不是如何正當，至少，是憑了自己風流倜儻、文采瀟灑的條件，故意去勾引紀曉芙。紀曉芙在峨嵋派滅絕師太門下，幾曾見過這樣的風流人物，自然容易被引誘，以至於懷孕、生女。紀曉芙一定極度緬懷那段和楊逍在一起的日子，所以將女兒取名為「楊不悔」。

但是楊逍卻像是完全將這件事忘記了一樣，紀曉芙獨力抗拒迫害，境遇極其淒涼，楊逍縱使有俊俏得使任何少女動心的外形，這一點也不可原諒。

楊逍只好算是中上人物。

范遙為了抗敵，毀容裝啞，投入敵人陣營，含辛茹苦，在悠悠歲月之中，為了一個目的，而做出如此巨大的犧牲，堪稱第一忍心人。金庸在范遙身上落墨不多，但鬱然之情盎然。

范遙是上中人物。

張無忌

張無忌是《倚天屠龍記》中的重要人物，但《倚天》的主角，始終是明教。張無忌是怎樣的一個人，很有點說不上來之感，或許金庸有意塑造一個性格模糊的人，以達到他終於不能成大事的結局。張無忌行事拖泥帶水，除了在六大門派圍攻光明頂一役之中，光采畢露之外，其餘所有情節中，總為他人的掩蓋，而不見其有任何特出之處。只有他對謝遜的感情，極其真摯。做了明教教主，也不過是因為他的武功高，不是因為他才能好。

如果不是學會了超絕的武功，張無忌實在只是一個渾渾噩噩的普通人。

張無忌是中中人物。

殷離

殷離是張無忌的表妹，不容於父親，離家出走，跟著金花婆婆闖蕩江湖，為了練武功，將自己的容顏弄得醜陋無比，一心記掛著曾經咬過她一口的張無忌，落落寡歡，超然物外，是上上人物。

周芷若

周芷若是金庸筆下女角中最奇特的一個。以周芷若的性格而論，她實在沒有理由在感情上受脅於滅絕師太。然而，竟然為了幾句誓言，使她感到無所適從，真是怪不可言。後來，她忽然又變成了反面人物，殺殷離，盜九陰真經（最令人不明的是她在做這些事時，謝遜是知道的，但是謝遜又一直不說。謝遜不說的原因為何，至今不明）。然後到了最後，金庸又原諒了她，說她的所作所為「也不算是什麼」，轉變之突然，出於情理之外，真是怪不可言。周芷若是什麼樣的人物，由於實在太模糊，所以竟難以有斷語。

趙敏

這個足智多謀、位高勢尊的蒙古郡主，會對張無忌傾心相愛，也有點莫名其妙。莫非是為了曾在井中，被張無忌脫了鞋子搔過腳底？但想來番邦女子，也不至於因此而傾心相許。但是小酒店中痴候，情景何等動人。這一段情節，也是《倚天》中最動人的情節之一。

趙敏肯放棄權位，投入張無忌的懷抱，勇氣豪情皆勝人一等，是上中人物。

小昭

小昭是上上人物。

她到波斯以聖女的身分當波斯明教教主，寂寞異域，情何以堪，令人嘆息。

喬峯

丐幫幫主，忽然身世秘密暴露，竟然是契丹胡人，喬峯的一生，注定是悲劇。這樣的一個英雄人物，竟遭到命運如此的捉弄，造化弄人，莫此為甚，每次看完《天龍八部》中喬峯的情節，都不禁要狂浮三大白，以舒胸中鬱氣。

金庸筆下的英雄人物極多，但若論意氣之豪邁、行事之光明、胸襟之開闊，唯有喬峯。喬峯堪稱是人中之龍，而且他和郭靖全然不同。郭靖完美，但看來看去是一個假人；喬峯完美，看來看去，總是一條凜凜大漢，就在你的面前。

喬峯一生悲苦，連一個他所愛的人都不能保留。身世的糾纏，江湖上對他的不諒解，逼得他在聚賢莊大開殺戒。他救過耶律洪基兩次，但是君臣之間的矛盾，自一開始起，就是無可調解的。發生在喬峯身上的事，無一不是解不開的死結，這些死結一個連一個，終於令得英雄如喬峯，也不得不悲劇收場，天下人宜同聲一哭。

喬峯悲苦的一生中，也有值得欣慰之處。他得到阿朱傾心的時間雖然短，但阿朱的柔順和喬峯的剛強，形成對比，喬峯在那段短暫的時間中，至少是快樂的，像這種快樂的日子，終喬峯一生，也只不過是如此一段而已，而且，快樂光陰的終結，如此淒苦！

喬峯另外也有高興的時候。少林寺前，面對群雄，只有段譽站在他一邊，忽然有虛竹大步走出，自稱是他的結義兄弟，這是何等快事！難怪他立時要解下皮囊，大口狂飲。

武俠小說中盡多嗜酒的大俠，但從來也沒有一個喝酒喝得如此豪意格天的。金庸對這個豪俠，幾乎一字也沒有寫過他內心之苦，只是寫他的豪俠之處，但是一件事又一件事緊逼過來，在豪俠氣概之下的內心淒苦，卻又表露無遺，這是極其高超的筆法。尤其因為喬峯是這樣的豪俠，所以他內心的淒苦，也比常人更深一層。但也正由於他是這樣的豪俠，淒苦深自埋藏就可以，何必逢人就哭哭啼啼？

喬峯終於將斷箭插入自己心口，結束了他的一生，就是內心深處無數淒苦積累的結果。「虛竹和段譽只嚇得魂飛魄散」，讀者看到此處，也一樣魂飛魄散。

喬峯是絕頂人物！

段譽

和喬峯喝酒相交，這位大理國的王子是一個極度的喜劇人物。喬峯被遼國皇帝關在鐵籠中，看得人血脈賁張；段譽被王夫人綁了要做花肥，看的人只覺得有趣。

段譽也有身世上的隱秘，但是他的身世秘密，卻使他可以娶他所愛的人為妻。喬峯一生之中，只有一段戀情，段譽卻極多，苦戀王語嫣的過程，在在令人忍俊不住。

段譽有絕頂武功，朱蛤神功好像沒有怎麼用過，六脈神劍要緊時用不出，鬥酒時卻大派用場，凌波微步要來做逃命之用，倒十分實在。

段譽喜劇的一生，可稱無往而不利，金庸反而用了不少筆墨去形容他心中的淒苦，主要是相思之苦，但他的淒苦，也是充滿喜劇性的。

段譽是一個可愛的上上人物。

虛竹

《天龍八部》中三個主要的人物，都有身世上的大秘密：喬峯是契丹人，段譽是刀白鳳和段延慶一段孽緣的結果；虛竹更奇，是少林寺方丈和葉二娘的兒子。少林方丈德高望重，天下欽仰，葉二娘在「四大惡人」之中排名第二，這一男一女，當日是如何勾搭上的，真叫人想破了腦袋也想不出來。

但虛竹之奇，還不止於此。他的一生，就是一部「奇遇記」。他胡裡胡塗，解開了棋局，得了逍遙派掌門人七十年的北冥真氣；胡裡胡塗，救了天山童姥，學會了「天山折梅手」，做了靈鷲宮的主人；再胡裡胡塗，於冰窖裡和西夏公主成就了一段良緣。一切遭遇，落在這個獃頭獃腦的小和尚身上，而他居然一切都承受了下來，到頭來仍是獃頭獃腦，堪稱天下一絕。

虛竹雖然是身不由己的典型，他一生至高無上的目的，不過是想在少林寺中當一個普通的僧人，可是命運卻安排他成了靈鷲宮的主人，不但統率數百名女人，而且也成了三十六島、七十二洞的主人，其地位和少林寺的一個普通僧人，完全無法比較。

虛竹自己對這一切，完全沒有自己做過選擇，也不容許他做選擇。

看完《天龍八部》之後，常常問：「虛竹如果可以自己選擇的話，他會選擇什麼呢？」

沒有答案。

虛竹是上上人物。

慕容復

慕容復是可憐人，為了一個虛無飄渺的目的，委屈求全，犧牲了一切人生的樂趣，憂心忡忡，寢食不安。

世上淨多像慕容復這樣的人，目的各有不同，作為則大體相類。

慕容復是下下人物。

段正淳

段正淳又是金庸筆下一個十分奇特的人物。他奇特在到處留情，情人極多，見一個愛一個，而又絕不是徒然風流薄倖，當他是單獨對著一個情人的時候，他真是真心真意愛這個情人的，只好說這個人的感情特別豐富，別無其他解釋。

段正淳的日子並不好過，秦紅棉要用箭射他，小康要用口咬他，元配妻子刀白鳳有了外遇，王夫人要將他做花肥，阮星竹要用刀砍他，終日在提心吊膽，風流代價相當高，可是段正淳身不自主，再給他機會，他一樣會另結新歡。

只好說段正淳運氣不好，《鹿鼎記》中的韋小寶就比他運氣好得多，沒招惹到那麼多麻煩。

段正淳有可能是韋小寶的最初藍本。

段正淳是上上人物。

王語嫣、阿朱、阿紫

王語嫣原名王玉燕，忽然被改了名字，不知為何。

王語嫣博學多才，一心戀著表哥慕容復，卻被痴情公子段譽苦纏，終於為段譽的痴行感動。在整部《天龍八部》之中，她的地位重要但是並不特出，還不如阿紫和阿朱。

阿紫和阿朱，是王語嫣的同父異母姊妹。阿朱傾心於喬峯，不明不白死在自己心愛的人掌下。在她和喬峯相處的那一段日子中，她發揮了女性的柔婉，使喬峯悲苦的一生中有一段快樂光陰。雁門關外相待的那一段，寫得感人之極。

阿紫出身「星宿派」，耳濡目染，脾性不好，但是她心念鬱結，少女情懷，一次也未曾有過宣洩的機會，其行可誅，其情可憫，倒也不忍深責。

王語嫣是中上人物。

阿朱是上上人物。

阿紫是中中人物。

丁璫

《俠客行》中，只有丁璫有一提的資格。這個任性的小女孩，硬是喜歡一個無行浪子，而不喜歡一個忠誠老實的青年，丁璫之所以為丁璫。

丁璫是中上人物。

令狐冲

令狐冲的一生，前半生風平浪靜，當他的華山派大師兄，但是後半生卻驚濤駭浪，幾乎沒在江湖風浪之中淹死，好幾次險死還生，居然得以不死，當其尼姑頭，做其三山五嶽人物的盟主，任性而為，一副什麼都不在乎的氣概，又是金庸創造出來的另一種活龍活現的豪傑人物，而和楊過、喬峯等又截然不同。

令狐冲的際遇，是「置之死地而後生」，幾次皆是如此，以為萬無生理，率性豁出去，結果卻又峰迴路轉，柳暗花明，又是一番境界。

他自分必死，義助向問天，是死而復生。被囚在西湖底，忽然又學會了吸星大法，是死而復生。苦戀岳靈珊不遂，忽然又有任盈盈，也是死而復生。

令狐冲苦戀岳靈珊，而結果岳靈珊愛上了林平之，這是由於岳靈珊和令狐冲從小一起長大之故。大凡青梅竹馬的男女，戀愛很少會有結果，因為大家一起長大，相處太久，雙方之間就失去了神秘感之故，一有第三者介入，吸引力就會轉移到第三者上面去。在武俠小說之中，男主角幾乎全部在戀愛上無往而不利，像令狐冲那樣，居然失戀，可說絕無僅有。

令狐冲性格最可愛處是在於不羈，名門正派的戒律，能使他在思想上有一定的約束，但是在行為上，他卻處處在突破這種約束，在自然而然之中，流露他的真性情。他不執著、不在乎，瀟灑浪漫之處，在金庸筆下所有男主角之上，允稱第一。這一點，連任我行這樣聰明絕頂的人都未曾看出來。

任我行第一次邀令狐冲加入朝陽神教，令狐冲拒絕，任我行就不知道令狐冲是真的不想加入，心口如一。任我行還以為令狐冲是嫌他地位不穩，所以才有後來奪了教主之位，再邀他入教之爭發生。而令狐冲仍然不肯，終任我行一世，無法了解令狐冲何以不肯，這是兩人性格截然不同之故，任我行熱衷，令狐冲淡泊，近乎神仙中人。

令狐冲的這種什麼都不放在心中的性情，和他的遭遇也有一點關係，他先是失戀，繼以身中奇毒，朝不保夕，自然容易使他看得開。但主要還是天性使然。別的人有這樣遭遇，一定痛不欲生，鎮日裡愁眉苦臉，哪裡還會有這樣的灑脫！

令狐冲接近神仙境界，是絕頂人物。

任我行

任我行是「厲害人物」的典型，武功高，手段狠，深謀遠慮，做每一件事都經過縝密的安排，甚至早看出東方不敗的深謀，而將「葵花寶典」送給了東方不敗，引東方不敗「欲練神功，引刀自宮」，將東方不敗害成了不男不女的怪物。

任我行這樣的厲害人物，是最可怕的人物，權謀詐術之深，令人防不勝防。金庸將任我行這一方面的特性，發揮得淋漓盡致，看了令人不寒而慄。

任我行是上上人物。

東方不敗和楊蓮亭

東方不敗是上上人物。

東方不敗名字叫「不敗」，實際上，他是一個從頭到尾、徹底失敗的人物，處境遭遇，極堪同情。他本來是任我行的手下，試想想任我行的性格，要伺候這樣的一個上級，那是何等困難、危險的事情，比諸伴虎，猶有過之，實在是情勢非逼得他造反不可。而他在謀奪了教主之位後，不但沒殺任我行，而且善待任盈盈，心地也可以說極其仁慈。而在權位的爭奪之中，狠、忍的人，注定成功，仁慈的人，一定失敗。

東方不敗中了任我行的狡計，成為不男不女的怪物，愛上了楊蓮亭。最後，集向問天、任我行、令狐冲、任盈盈四人之力，才能將他殺死。而楊蓮亭的地位雖然卑下，是教主的男寵（或者應該說寵男），卻極其有骨氣，連天王老子也禁不住說：「好漢子，我不再折磨你便了！」天王老子向問天「好漢子」三字之褒，真是談何容易！

楊蓮亭武功不高，那是無可如何之事，他殘害朝陽神教的舊人，以他的地位而論，格於形勢，也非如此不可。這個性格之硬，世所罕見。

楊蓮亭也是上上人物。

向問天

天王老子向問天，計謀縝密，膽色過人，在東方不敗勢燄薰天之際，他面對魔教和正派人物的追殺，毫不畏懼，一心一意，只想將任我行救出來，是天下好漢的榜樣。向問天在《笑傲江湖》中出場的那一段，加上令狐冲仗義相助，真寫得出神入化，是武俠小說中的經典之作，令人百看不厭，每看一遍之後，都迴腸蕩氣，心胸大暢。

向問天是上上人物。

桃谷六仙

桃谷六仙是六個渾人，但是渾得極可愛，比周伯通可愛得多，因為他們是真的渾，不像周伯通，「酒醉還有三分醒」。真正渾人可愛，假渾人可厭。

桃谷六仙是上上人物。

岳不羣

岳不羣外號「君子劍」，四平八穩，道貌岸然，實際上卻是偽君子，險詐莫名。岳不羣這個人，很能發人深省。他是小人，一直在偽裝君子，但如果他一直裝著，在他小人面目還未曾暴露之前，忽然死了，那知他算是什麼呢？是君子還是小人？世上所看到的，全是他君子的行動，聽到的，全是他君子的言論，假面具一直未被揭穿，假的也變成真的了。世事，每多可以如是看。

岳不羣究竟是什麼人物，十分難下斷語。以他的行為而論，自然是下下人物，但在他這一類的偽君子之中，他卻又是上上人物。

冲虛道長和方證大師

《笑傲江湖》中的武當掌門冲虛道長和少林方丈方證大師全是上上人物！他們以武林地位最高的身分，而能透徹地了解令狐冲的為人，不加歧視，反加同情，真是難能可貴。

藍鳳凰

五毒教主藍鳳凰，在書中出現的次數不多，但這個半裸苗女，每一次短暫的出現，都叫人喜愛莫名，她和「無行浪子」相攜，並闖少林寺一場，更令人神為之奪。

藍鳳凰是上上人物。

任盈盈

朝陽神教教眾心目中的聖姑任大小姐盈盈，無論一顰一笑、一嗔一喜，一舉手、一投足，都是上上人物。她唯一的一件不愜人意的事，是初出場之後不久，令看到他的十五個人自己弄瞎眼睛，永世不能再到中原。這段情節，是《笑傲江湖》初發表時用的。執筆時，新的《笑傲江湖》尚未出版，不知是否刪去了這一節，只好以舊版作準。

任盈盈在開始時，所遇自己的情感，表現了尊貴少女的矜持，對令狐冲已有滿腔情意，但不知令狐冲心中先有戀人。她故作大方，但做得如此純真，一點也不是忸怩作態，將內心的感情埋於心底，而且也不嗔怪令狐冲喜歡岳靈珊而不喜歡她。甚至到了以後，令狐冲和她相戀，已成事實，但令狐冲一見到岳靈珊，仍然有點魂不守舍、舊情未忘的樣子，以至於重傷在岳靈珊的劍下，任盈盈仍然一點怒意也沒有。若論對男人心理了解之透徹，世上只怕少有女子如任大小姐者。

任盈盈在感情上能有這樣的表現，是基於對所愛的人的信任和對自己的極度自信。試想想，要是任盈盈忽然對岳靈珊吃起醋來，那是多麼不堪。任盈盈是即使心中黯然，也必不願在任何人面前表露絲毫的。

任盈盈是上上人物。

康熙

中國歷史上有數的好皇帝之一，玄燁大帝，在《鹿鼎記》中，是一個極其出色的人物。

金庸自他初接位時寫起，一直寫到他的中年。大約二十年的時間，是康熙當政以來，最驚濤駭浪的二十年。雖然是小說家言，但這個皇帝的英明、決斷、處理政務的能力，用人之明，態度之速，對統治理論的精嫻，在在令人拍案叫絕。從來也沒有一本武俠小說、歷史小說、文藝小說之中，將一個皇帝寫得如此生動、成功過，也從來沒有一部小說中，將這樣英明的一個皇帝，和一個百分之百的無賴人物糾纏在一起，對比如此之強烈，而又安排得如此之融洽過。

康熙是上上人物。

洪教主

神龍教洪教主，在《鹿鼎記》中，實在是一個悲苦人物。強娶了一個美貌少女為妻，可是最後：「心中憤怒、羞慚、懊悔、傷心、苦楚、憎恨、愛惜、恐懼，諸般激情紛至沓來。」他最後雖然說是為屬下力戰至死，但實際上，是他自己殺了自己。一個人在這樣的情形下，實在是沒有法子再活下去的了。

洪教主雖然如此下場，但是也曾在年輕妻子身上，享受過溫馨時光，洪夫人在他的勢力之下，是不敢表露絲毫不滿的，兩人在教韋小寶「美人三招」之際，那種旖旎風光，就迴腸蕩氣。

洪教主的毛病是在於「想不開」，如果他想得開，就不會這樣死。要知道，能和心愛的人在一起，不能永遠，只好謀求短暫，短暫也是幸福快樂的，何必一定要永遠佔有這樣僋俗？

洪教主是中中人物。

韋小寶的七個妻子

韋小寶娶了七位夫人，這七位夫人，有的來路甚清，勾搭的過程寫得甚明。有的來得有點胡裡胡塗，不可深究。例如洪教主夫人蘇荃，就是因為有了孕，才跟了韋小寶的，但蘇荃是如何有孕的？自然是在揚州麗春院的一張大床之上，大被同眠，胡天胡地之下的結果。但縱觀這一段，歷時並不太久，而且後來，連大床一起抬走，韋小寶竟能在這段時間中，做下這等事來，也頗為匪夷所思。蘇荃以教主夫人之尊而跟了韋小寶，自然還有幾分威嚴在，所以七位夫人之中，以她為首。蘇荃是中上人物。

沐劍屏這個小郡主，一出場就有楚楚可憐之感，一直到最後，還是給人這個感覺，可以說是有點不解風情，韋小寶對她的鍾愛程度只怕有限，只是中中人物。

方怡是神龍教屬下，曾將韋小寶騙得神魂顛倒，幾乎死在神龍教之中，韋小寶對她又愛又恨，怕不會對她客氣。方怡是中中人物。

建寧公主是韋小寶「初試雲雨情」的第一個對手，這個野蠻得出乎人情之常的公主，所作所為之奇，令人目瞪口呆，多少有幾分性虐狂。後來，有其他六位女士牽制，行為稍斂，但韋小寶和她單獨相對之際，只怕仍然不願點燈，以免有火種，又給她來個「火燒籐甲兵」。建寧公主是中上人物。

曾柔是七位女士之中，落墨最少的一個，似乎可有可無，只好是中下人物。

阿珂是陳圓圓的女兒，貌美如仙，韋小寶一見到她，就如痴如狂，而阿珂一直不喜歡韋小寶。一直到最後，阿珂是不是真心喜歡韋小寶，還是「形勢比人強」，不得不耳，仍屬不可考之事。阿珂很有她獨特的個性，以韋小寶之聰明，未必想不到他得到阿珂，用了多少手段，後果未必太佳。猜想起來，阿珂在他七個妻子之中，雖然最美麗，但是只怕他對著阿珂時，最為無趣。

阿珂是中中人物。

韋小寶七位妻子之中，他最鍾愛的，可以全然毫無拘束，可以對之講任何心中話的，怕只有雙兒一人。雙兒是以丫頭的身分跟了韋小寶的，在和韋小寶共同經過了不知多少艱險之後才「大功告成」。雙兒可以說完全沒有自己，只是為韋小寶而活著的。像雙兒這樣的妻子，已不復再見於人間。

雙兒是上上人物。

陳近南

天地會總舵主陳近南，是韋小寶的授業師父，這個人在江湖上雖然享有極高的威望：「為人不識陳近南……」但是受制於不知所云的下下人物鄭克塽，不是真英雄真豪傑，枉自有一身武功，下場悲慘，是意料中事，只好算是中下人物。

韋小寶

揚州妓院麗春院中，一個年華老去的妓女的兒子，不知父親是誰，自小在市井中長大的小流氓、小無賴。在童年時，就學會了一切求活、求生存、求飽的方法。在他的心目中，適應環境，如何使自己更好地活下去，是最主要的目標。這種觀念實在是一切生物的本能，自然也反映在人這種高級生物的身上。

韋小寶是一個實實在在的人，和郭靖是一個假人，是兩個絕對的對比。

韋小寶幾乎什麼壞事都做，從賭錢騙人，酒不厭迷眼，偷、拐、騙，無所不精，而且做得心安理得。但是這樣的一個人物，偏偏又被金庸寫得如此可愛。如果要在韋小寶和郭靖之中，任擇一人做朋友，別人怎樣不知道，本人一定揀韋小寶，那是因為韋小寶雖然有各種各樣的缺點，但是也有優點，他最大的優點是：懂得如何對付周圍的人。

人要拚命抬高自己的地位，使自己活得更好，這是每一個人心中的願望。苦行者在如今世上畢竟已經絕跡，滿口仁義道德的人，心中想的可能恰好相反，行為也可能更不堪。

人要使自己生活得更好，就一定要別人對自己好，韋小寶極明白這個道理，所以人人都樂於與他結交。韋小寶就極看重朋友，出賣朋友，萬萬不幹。

韋小寶有千百般壞處，全是人的壞處，在你和我身上都可以找到，誰要譴責韋小寶的不是，請先在發言之前捫心自問：在這樣的情形下，我會怎麼做？不必將答案講出來，自己心裡有數即可，只怕答案會是比韋小寶所作所為，更加不堪。

韋小寶這個人物，是完全反英雄的。傳統觀念上的英雄人物的作為，在他的身上，很難找得到。然而，他卻是眾人心目中的英雄，這樣的人物，以前未曾存任何小說中出現過，以後只怕也不會有了。

韋小寶頗受「婦解份子」的詬病：娶了七個老婆，真不像話。說這話的女權先鋒，不妨熟看《鹿鼎記》，然後掩卷、發問：「我的床頭人，是不是有韋小寶七分之一可愛？」

很難有男人有韋小寶七分之一可愛，那麼，做韋小寶七個妻子之一，就比別的女人幸福快樂得多。

幸福、快樂才是人生要追求的目標；禮法、制度，只不過是一些人製造出來的，不是人的天性。

韋小寶是自由自在的典型，是至情至性的典型，是絕不虛偽的典型。

韋小寶撕破了許多假面具，破壞了許多假道學，揚棄了許多假仁義。

韋小寶是真。

韋小寶是金庸筆下最成功的一個人物。

韋小寶是絕頂人物。

第四章

雜記

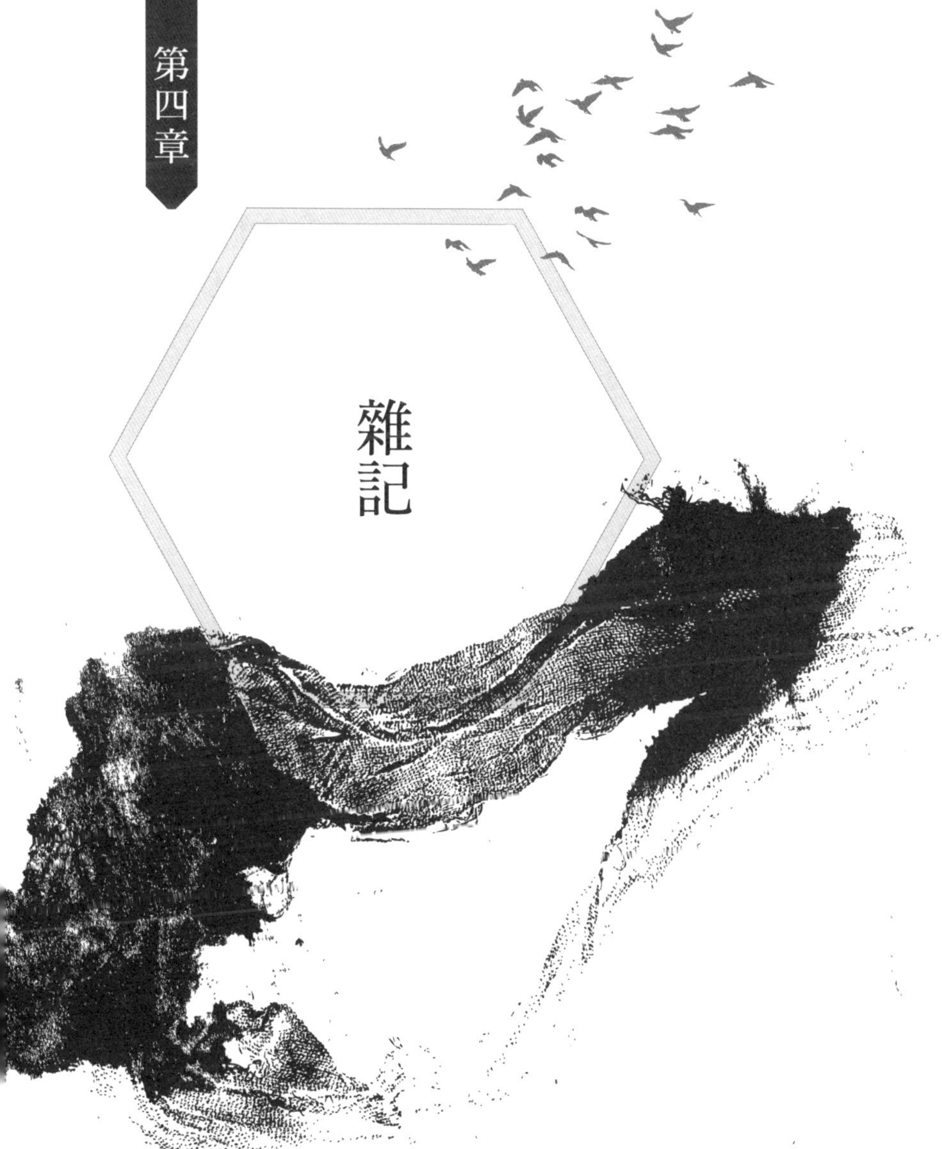

8

所謂「代寫」

坊間有流言：金庸小說，有不少是倪匡代寫的。聞這種流言，樂不可支，真正太看得起倪匡了。倪匡若能寫得出金庸小說的十分之一，已是死而無憾。

這種說法是自何而來的呢？大抵是起自以下幾點原因。

◆金庸的推薦

金庸寫完《倚天屠龍記》、《天龍八部》，在香港明報第一天開始連載時，當晚，金庸約晤，在座的還有新加坡的一位報館主人。

這位報館主人是特地來香港找金庸，要求金庸別結束《倚天屠龍記》，繼續寫下去。而金庸已將全副心神投入創作《天龍八部》，不可能同時要寫兩篇，所以特此約晤，要我代他撰寫《倚天屠龍記》的續集。

當金庸一提出這一點時，腦中轟地一聲響，幾乎飄然欲仙，當時的對話，大抵如下：

金庸：「新加坡方面的讀者十分喜愛《倚天屠龍記》，希望有續篇，我沒有時間，特地約了新加坡的報紙主人來，竭力推薦，請倪匡兄寫下去，一定可以勝任。」

新加坡報紙主人：「金庸先生的推薦，我絕對相信，要請倪匡先生幫忙。」

（倪在大口喝酒，半晌不語之後，神色莊肅，開始發言。這大抵是一生之中最正經的時刻。）

倪匡：「今天是我有生以來最高興的日子，因為金庸認為我可以續他的小說，真的太高興了。其高興的程度，大抵達到一輩子都不會忘記。可是我這個人有一個好處，就是極有自知之明。而且，我可以大膽講一句，世界上沒有人可以續寫金庸的小說。如果有一個人，膽敢答應：我來續寫，那麼這個人，一定是睡覺太多，將頭睡扁了的。」

結果，當然未曾續寫《倚天屠龍記》，因為雖然睡覺不少，但倖保腦袋未扁。不過這件事，至今認為是極大榮幸，頗有逢人便談之樂（如今發而為文，記述下來，可以證明），所以久而久之，就有「倪匡代筆」之說了。

◆金庸遊歐，倪匡代筆

第二點，是確曾「代筆」。那是金庸在寫《天龍八部》期間，忽有長期遊歐洲計畫。而香港報紙的長篇連載，一般來說，不能斷稿，於是找我，代寫三、四十天，當時在場的還有名作家董千里（項莊）先生。

金庸說得很技巧：「倪匡，請你代寫三、四十天，不必照原來的情節，你可以自由發展。」

（這等於是說：千萬不可損及原著，你只管去寫你自己的好了！換了別人，或許會生氣，但我不會，高興還來不及！若是連自己作品和金庸作品之間有好幾百萬光年距離這點都不明白，那是白痴了，幸好還算聰明，所以一點不生氣，連連點頭答應。）

金庸又說：「老董的文字，較洗鍊，簡深而有力，文字的組織能力又高，你的稿子寫好之後，我想請老董看一遍，改過之後再見報！」

（這等於說：倪匡你的文字不好，雖然任由發展，還是不放心，要找人在旁監督，以防萬一出毛病。換了別人，又可能會生氣，但我不會。因為金庸所說是實，董千里先生文字之簡鍊有力，海內外共睹，能得到他的幫助，對我今後小說創作的文字運用方面，可以有很大的改進，所以欣然答應。）

商議定當之後，就開始撰寫，思想負擔之重，一時無兩，戰戰兢兢，寫了大約六萬字左右，到金庸歐遊回來，才算鬆了一口氣。

金庸在事前的擔心，倒不是白擔心。因為他深知我的脾氣，喜歡胡作非為，所以才事先特別叮囑「你只管寫你自己的」。然而當他回來之後，見面第一句話，我就說：「對不起，我將阿紫的眼睛弄瞎了！」

阿紫是《天龍八部》中一個相當重要的人物，我討厭這個人，所以令她瞎了眼。金庸聽了，也唯有苦笑，是否有「所託非人」之感，不得而知。常言道「生米已成炊」，阿紫雙眼既被弄瞎了，自然也唯有認命了。

我所寫的那一段，在舊版書出版時，收進單行本中。金庸將全部作品修訂改正之際，曾特地來商量：「想將你寫的一段刪去，不知是否會見怪？」

當時的回答很妙，先大聲說：「見怪，會見怪，大大見怪！」

金庸是正誠君子，不像我那樣，放誕不經，聞言神情躊躇，大感為難。於是我哈哈大笑，道：「我見怪的是你來問我會不會見怪，枉你我交友十數載，你明知我不會見怪，不但不見怪，而且一定衷心贊成，還要來問我！」

金庸有點忸怩，說：「禮貌上總要問一聲。」

我說：「去他媽的禮貌！我有點擔心，阿紫的眼睛瞎了，你怎麼辦？」

金庸說：「我自有辦法！」

金庸果然有辦法，他改動了一些，結果就是如今各位看到的情形。金庸將阿紫、游坦之兩個人的性格，寫得更透徹。一個為了痴情相愛，寧願將自己的眼睛送給愛人，而一個為了性格強頑，將已復明了的眼睛又挖出來，淒楚、戀情、偏激、浪漫，都發揮到了淋漓盡致的地步，大小說家的能力，確然令人心折。

經此一事之後，自然更逢人便說，而且還自撰一聯，上聯是：

屢替張徹寫劇本

下聯是：

曾代金庸寫小說

借金庸、張徹兩大名人，標榜自己，可謂深得自我標榜之三昧矣！

所以，才有了「代寫」的流言，事實上，卻不過如此而已。

◆「金庸、倪匡合著」

第三點，明報周刊的雛型時期，需要一篇武俠小說，為了增加對讀者的吸引力，署名是「金庸、倪匡合著」。事實上，全由我個人執筆，借了金庸之名。合作小說不是不可能，但以我和金庸創作能力距離之遙遠，實在是沒有什麼可能的事。

以上，就是所謂「代寫」的內情。

金庸的小說，沒有人可以代寫。

如果有人可以代寫，寫出來的作品如此之好，這個人為什麼要代金庸寫，自己不寫？

道理極簡單，偏有人不肯去想一想，真怪！

9

通與不通

金庸的短篇小說較弱，其中《白馬嘯西風》一篇，是專為電影創作的電影故事，發表之後，看了譁然，每有機會便說：「這算是什麼小說！」

金庸可能聽得多了，深以為恨，於是花心機徹底改寫。改刪之多，是金庸修訂他的作品中最甚的一篇。重新發表後，問：「《白馬嘯西風》改過了，看了沒有？」

「看了！」

「現在怎樣？」一副期待捧場的神情。

「本來不通，現在通了。」回答得極快。

金庸啞然失笑，不再做討論。

由「不通」變「通」，還是不好！

（關於「不好」的定義，請參看〈凡例〉篇）

10

誰做妻子最好

一日，眾友聚集，有人問：「金庸小說中那麼多女主角，你最喜歡哪一個？」於是，眾人紛紛發言，我說：「將問題變換一下好不好？問：『金庸小說中那麼多女性人物，哪一個做妻子最合適？』」

眾人又紛紛發言。黃蓉宜敬鬼神而遠之。小龍女？誰有這種精神能力去整日呵護她？溫青青不入流……眾說紛紜、莫衷一是之際，我提出：雙兒。《鹿鼎記》中的雙兒。大家研究下來，一致贊成，金庸在場，也大為首肯。

雙兒是世上一切男人心目中的最佳妻子。做雙兒的丈夫，如果有一晚，忽然對月興嘆，月亮方得真可愛！她也不會和你辯月亮是圓的，她會說：看來真有點起角。

男人而得妻如此，夫復何求！

11

稱讚

每有陌生人和金庸初次相見，總會說：「金庸先生，你的小說寫得真好！」

若我在場，一定搶白：「你們想恭維人，為什麼不想點新鮮花樣出來。每一個人都說他小說寫得好，聽也聽厭了，有什麼作用？」

聞者愕然：「那應該說他什麼好？」

答：「可以說金庸芭蕾舞跳得好！」

聞者更愕然。

金庸曾正式學過芭蕾舞，對古典音樂認識之高，達專家程度。

可惜，人人見了，他還是那一句話：「你小說寫得真好！」

12 值得推敲的「相同情節」

金庸小說之中，有一個相同的情節，曾一而再、再而三地被重複運用。一之為甚，其可再乎？以金庸這樣的大小說家而論，竟然同一情節，在作品中重複三次之多，簡直是不可能的事，然而又確有其事，真值得玩味。

這個被重複用了三次的情節，由兩男一女三個人組成。甲男、乙男同戀一女，甲男得與女成婚，而乙男從此不娶，鬱鬱終身，相思數十年，而又對此女感情，至老不渝，而且一直還在追求狀態之中，弄得甲男大為不快，偏又無可奈何。而這三人，又倒必是武林中大有身分之人。

這個情節，在金庸的第一部作品中已經出現，在《書劍恩仇錄》中，甲男是陳正德，乙男是袁士霄，女是關明梅。

在《天龍八部》中，甲男是譚公，乙男是趙錢孫，女是譚婆。

在《俠客行》中，甲男是白自在，乙男是丁不四，女是史小翠。

昔有人研究過何以《水滸傳》中的淫婦都姓潘，從而能想到施耐庵的心態。這種做法，似不足取，所以還是就此打住的好，一笑。

13

海外孤品

我藏有金庸的書長聯兩副。至今為止，可稱「海外孤品」，因為捨此而外，金庸再無類似的書法作品。金庸在他的作品集上，自己題書名。每一次，只怕都寫了幾十遍以上。因為他的書法並不如何高超，絕不能稱「家」，但這副對聯，卻極有趣（見附錄）。

在聯語之外，還有註解，字數雖不多，但包含哲理甚深，錄下以供各位同享（標點為原作所有）。

年逾不惑，不文不武，文中有武，不飢不寒，老而不死，不亦快哉！

品到無求，無迂無爭，迂則必爭，無災無難，遠於無常，無量壽也。

我與君俱以武俠小說為人知，文中有武，並駕當時。人之善禱善頌者，恆以「大富貴亦壽考」為祝。壽考誠美事，大富貴則非大爭求不可得，或求而無成，或既得而復失之，終日營營，憂心忡忡，人生百年，何愚而為此苦事？君少年時多歷憂患，當深知不飢不寒之至樂。

女俏子靈斯謂好，穀重穗，不搞不震非好漢。

貝富才捷信為財，果珍李，無憂無慮作財婆。

匡兄四十初度，撰聯自壽，有「年逾不惑，不文不武」暨「無欲求」語。以「不」、「無」二字為對，惟有句灑脫，匡嫂不之喜也。謹師其意，以拙筆書二聯祝無量壽。舉世貝殼藏家，或雄於資，或邃於學，抑或為王公貴胄，似君以俊才鳴者，未之或聞。

匡兄華誕之喜

弟金庸　乙卯六月

這兩副對聯，需要解釋之處甚多，不然，不容易明白，太過「深奧」。

首先，四十歲那年，我自撰對聯一副：

年逾不惑，不文不武，不知算什麼。

時已無多，無欲無求，無非是這樣。

自覺甚是高興，在報上發表。惹來的反應，是有人在報上破口大罵：「自撰輓聯式的對聯，倚老賣老。」等等，這可以不論。老妻看了，愀然不樂，是因為「時已無多」四字。人到四十，算是活七十，已過了一大半，「無多」是實際情形。叵奈人都不願聽實話。金庸知道「匡嫂」不樂之後，送來這兩副對聯。

第一副的「典故」如此，第二副「典故」更多。老妻名李果珍，小女名穗，小兒名震，這是嵌名聯。而「搞搞震」是粵語，意思是胡搗蛋，一聯之內，如此複雜，亦頗不多見！

小兒胡搗亂事蹟甚多，金庸後來又在贈他的書扉頁上題字，有「不搞不震非好漢，亂搗亂震豈英雄」之句，以資勉勵。有金庸親筆題字之小說，在同學之中，登成英雄人物矣！

對聯裡有關我的語句，像什麼「俊才」、「並駕當時」等等當然全是客套話，信不得的。

「貝殼藏家」云乎哉，是當年熱中於收集貝殼，收得天昏地黑，如今早已放棄了，「俊才」，究竟敵不上「雄資」者也！

後記

浮光掠影的六萬字

一九八〇年五月十五日，在台北。沈登恩先生問：「你以前有沒有寫過評介金庸小說的文字？」答：「多得很。」沈登恩大喜，說：「能不能寄給我？」答：「完全沒有剪存，不過不要緊，可以現寫。」沈登恩問：「可以寫多少字？」當時豪氣干雲，說：「至少可以寫五、六萬字！」

以為說過就算，誰知十八日返港，二十四日沈登恩已託人將六萬字稿費帶來。得人錢財，與人消災，寫是非寫不可，心中不免暗暗嘀咕：是不是寫得了那麼多字？躊躇竟夜，第二天一下筆，才知自己太多愁善感，六萬字，只是浮光掠影，真要詳細寫金庸小說，再多三倍字數也還不夠。

值得自傲的是：一、一口氣寫下來，幾乎沒有翻動過原著小說，全憑自己積年累月，數十遍看下來的心得寫成；二、絕少引用原著文字，九成九是自己的意見；三、總共前後寫了五天就脫稿，本定六月底交稿，變成六月初就將稿寄出，速度之快，一時無兩。

一九八〇年六月一日

附錄

金庸墨跡

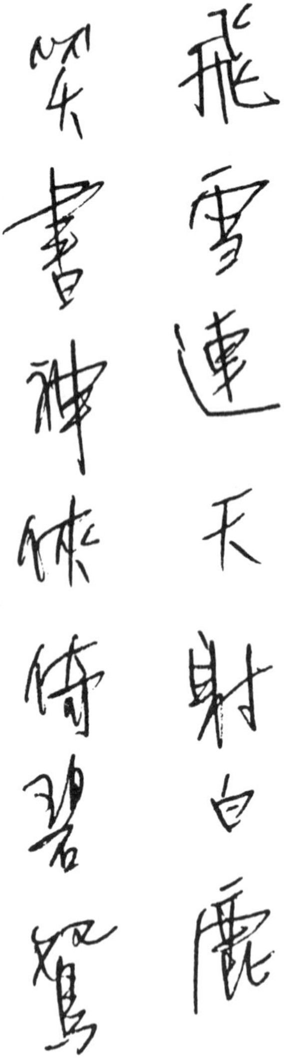

——金庸自擬《金庸作品集》對子

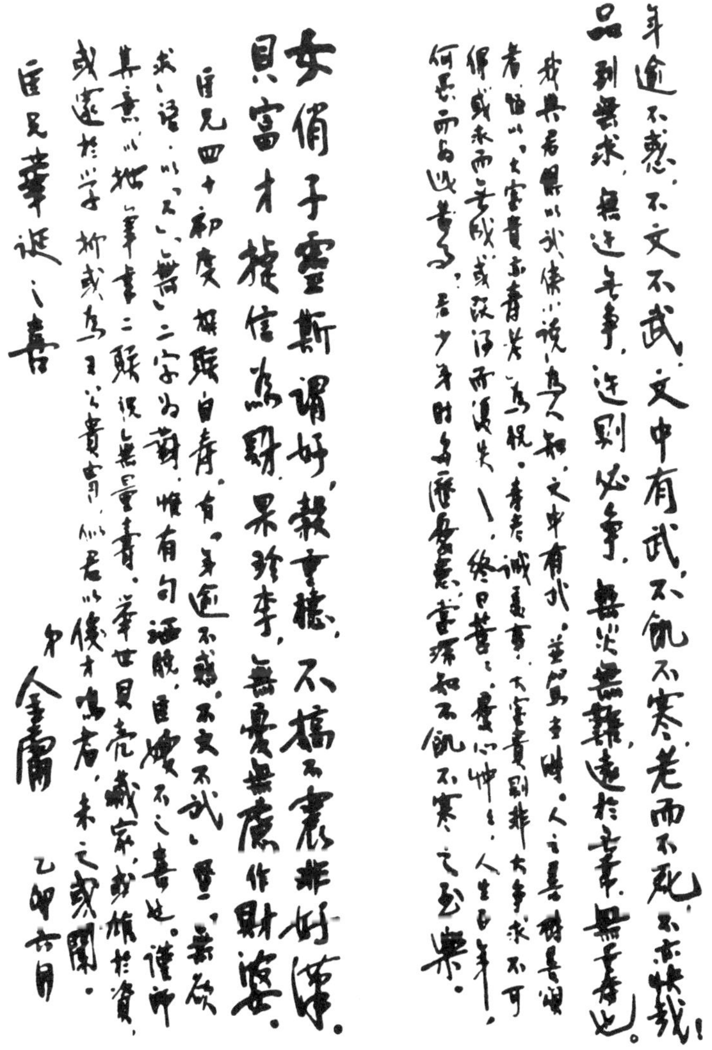
年逾不惑，不文不武，文中有武，不飢不寒，老而不死，不亦快哉！
品列無求，無追無爭，追則必爭，無災無難，遠於上帝，無壽也。
我與君俱以武俠小說為人知，文中有武，差可多時，人之喜稱其善頌
者，惟以大家貴亦青睞之為祝。壽者誠善事，大富貴則非大事求不可
得，或貧求而不能成，或強得而復失，一一，終日營營，憂心忡忡，人生百年，
何苦而為此苦惱？君少年時多歷憂患，當深知不飢不寒之至樂。
女俏子靈斯謂好，毅重穩，不搞不震非好漢。
貝富才捷信為財，果珍李，無憂無慮作財婆。
匡兄四十初度，撰聯自壽，有「年逾不惑，不文不武」暨「無欲
求」之語，以「文」、「無」二字為韻，惟有句語脫，匡嫂不之喜也。謹師
其意，以拙筆書二聯祝之無量壽。舉世貝亮藏家，或有癖於資，
或遜於學，折我為王之貴寶，祝君以優才為者，未之或聞。
匡兄華誕之喜
弟金庸
乙卯六月

——倪匡四十大壽，金庸賀詩墨跡

我看金庸小說 / 倪匡 著. -- 三版. -- 臺北市：
遠流出版事業股份有限公司 , 2024.09
面； 公分
ISBN 978-626-361-854-1（平裝）

1. CST : 金庸 2. CST : 武俠小說
3. CST : 文學評論

857.9 113011127

我看金庸小說

作者 / 倪匡

副總編輯 / 鄭祥琳
主編 / 陳懿文
校對 / 萬淑香
美術設計 / 謝佳穎
排版 / 中原造像股份有限公司
行銷企劃 / 廖宏霖
出版一部總編輯暨總監 / 王明雪

發行人 / 王榮文
出版發行 / 遠流出版事業股份有限公司
地址 / 104005 臺北市中山北路一段 11 號 13 樓
電話 / (02)2571-0297 傳真 / (02)2571-0197 郵撥 / 0189456-1
著作權顧問 / 蕭雄淋律師

1987 年 3 月 1 日 遠流一版
2024 年 9 月 1 日 三版一刷
定價 / 新臺幣 280 元 (缺頁或破損的書，請寄回更換)

ISBN 978-626-361-854-1

YL 遠流博識網 http://www.ylib.com E-mail: ylib@ylib.com
金庸茶館粉絲團 https://www.facebook.com/jinyongteahouse